AF185577

Astrid Schelfhout mit Wolfgang Ilkerl
Idee: Ronald Gollatz

HILFE,
(für) URLAUBER

Erzählungen einer Reiseleiterin:
Die Insel-Insiderin über Mallorca

VINDOBONA
VERLAG · SEIT 1946

© 2025 Vindobona Verlag
in der novum publishing gmbh
Rathausgasse 73, A-7311 Neckenmarkt
office@vindobonaverlag.com

ISBN 978-3-903574-94-6
Lektorat: Leon Haußmann
Umschlagabbildung: Dezein | iStock.com
Umschlaggestaltung, Layout & Satz:
Vindobona Verlag
Innenabbildungen: Privatarchiv Astrid Schelfhout
Autorenfotos: Wolfgang Ilkerl, Astrid Schelfhout,
Vier Hoch Vier/Martin Steiger

Die von den Autoren zur Verfügung gestellten
Abbildungen wurden in der bestmöglichen
Qualität gedruckt.

Gedruckt in der Europäischen Union
auf umweltfreundlichem, chlor- und
säurefrei gebleichtem Papier.

Bibliografische Information
der Deutschen Nationalbibliothek:

Die Deutsche Nationalbibliothek
verzeichnet diese Publikation in
der Deutschen Nationalbibliografie.
Detaillierte bibliografische Daten
sind im Internet über
http://www.d-nb.de abrufbar.

www.vindobonaverlag.com

HILFE,

(für) URLAUBER

Erzählungen einer Reiseleiterin:
Die Insel-Insiderin über Mallorca

Astrid *SCHELFHOUT*/Wolfgang *ILKERL*
Nach einer Idee von Ronald GOLLATZ

HILFE, (für)
URLAUBER

+ Paella im Nutella-Glas
+ Ein Ross an der Rezeption
+ Feldbett statt Luxusherberge
+ Gepäck weg! Wer ist jetzt der Koffer?
+ Balkonspringen und Matratzenweitwerfen

Eincheckende Worte

!Achtung!
!!Achtung!!
!!!Achtung!!!

Dies ist eine Warnung an alle Mallorca-Urlauber! Nehmen Sie sich ein Beispiel an den Beispielen von Reiseleiterin ASTRID SCHELFHOUT. Lernen Sie daraus und ziehen Sie Ihre Lehren beim Lesen. Was in Las Vegas passiert, bleibt in Las Vegas. Was auf Mallorca geschieht, liefert jede Menge Stoff für ein Buch und klärt die Öffentlichkeit auf. Über Abzocke und Überbuchungen, unglaubliche Begebenheiten und wahre Geschichten der etwas anderen Art. Kein normaler Reiseführer, sondern pures Leseabenteuer.

Schmökern Sie sich durch die schrägsten Fragen, die je auf Mallorca gestellt wurden.

Verfolgen Sie aufmerksam, was Sie als Insel-Tourist nie tun sollten. Passen Sie auf, dass Ihr Gebiss nicht im Müll landet, und wundern Sie sich mit offenem Mund, wie Astrid es wiederbeschafft. Landen Sie nicht im falschen Flieger, sondern lieber im richtigen Hotel. Und achten Sie darauf, dass ihr Koffer nicht ins Meer rollt. Werfen Sie auch ein Auge auf ihre Ehefrau, bevor sie verschwindet und Astrid sie zurückholt. Erfahren Sie, warum ein Mann einen Sack mit seinen Wertsachen per Seil vom Balkon hängt oder die Oma ihr Hab und Gut im Stoffbeutel am

Vorhang einnäht. Selbst „Außerirdisches" ist auf Mallorca schon vorgefallen: Was die NASA-Männchen in der Lampe mit einer Bombendrohung zu tun haben??? Lassen Sie sich aufklären. Wenn Sie das alles nicht glauben können, das Buch wird Sie bekehren!!!

Dazu Astrids Angebote, Alternativen, Ansagen, Ausblicke und Abstecher. Tipps und Tricks für Touristen. Und die Entschlüsselung des Reiseleiter-ABC: Wissen Sie was HUGO und LAURA sind? Auf alle Fälle keine Cocktails. HILFE, (für) URLAUBER! Leitfaden einer Insel-Insiderin. Blättern, Hängenbleiben, Lesen und Staunen …

ASTRIDS AUSFLUGSTRICK

WAS BEIM VERKEHR SO ALLES SCHIEFLÄUFT

NEUE WÄNDE, TROTZ MAUERFALL

ASTRIDS ANMERKUNG

WAHRES RUND UM BARES

WAS DAS SOLL MIT DEM ZOLL

ASTRID ALS AUGENZEUGIN

ASTRIDS ABGESANG

ASTRIDS ABKÜHLUNG

ZUM NACHLESEN

DER URLAUBS-LEKTÜREN-INHALT

Um acht Uhr geht es los.
Vor 24 Uhr machst du
die Augen nicht zu.

Kapitel 2

Ich plaudere aus der (Reiseleiter)Schule ...

Die Ausbildung ist eine ernste Sache. Es ist wie in der Schule. Um acht Uhr geht es los. Dann wird es militärisch. Drill, Drill und noch einmal Drill. Konfliktschulung mit Spezialisten. Jede Menge Erklärungen zu diversen Formularen. Papierkram ohne Ende. Gruppenarbeiten. Tiefenpsychologie. Körperhaltung. Schau mir in die Augen, Kleines ...

Vor 24 Uhr machst du die Augen nicht zu. Um 19 Uhr ist (Früh)Schluss, aber es ist nicht das Ende. Nachtmahl. Danach noch einmal zwei Stunden Schulungen. Abwinken um 21 Uhr. Oder zusätzliches Reinschnuppern in die Praxis. Sie nehmen dich gleich mit on Tour. Du bist die Begleitung bei einem Abendausflug. Wer glaubt, danach ist noch „Halli-Galli" angesagt – Irrtum! Ja, okay, zugegeben. Ein paar „Mitschüler" und ich wollten noch in die hauseigene Hotel-Disco. Auf ein kurzes Abshaken. Doch da stand der Schulungsleiter am Eingang und zeigte uns die lange Nase. „Wo wollt ihr denn hin? Habt ihr euch verlaufen? Dort ist der Weg zu euren Zimmern." Ätsch. Ab in die Heia. Ins Bettchen. Lulu und Licht aus.

2.000 Leute haben sich damals beworben. Mit strengen Auflagen: Keine Piercings. Keine Tattoos. Lediglich 100 wurden genommen. Der Rest sitzt im nächsten Flieger Richtung Heimat. Mittlerweile lauten die Zahlen anders. Heutzutage sind bestenfalls 100 für diesen Beruf noch Feuer und Flamme. 200 werden gebraucht. Wer bei drei nicht auf dem Baum ist, wird engagiert. In Spanien und in der Türkei zählen sie bis fünf.

Wer nur ein einziges Mal eine Minute zu spät kam, hatte zu meiner Zeit spätestens zu Mittag sein Flugticket in der Hand – ab in die Heimat. Rausgeflogen! Scheißegal, ob du der Beste warst oder nicht. Auf Wiedersehen! In meinem Kurs saßen 22 Leute. 11 Holländer. Der Rest Deutsche und Österreicher. Hältst du durch, bist du in zehn Tagen Reiseleiter. Geschafft! Im doppelten Sinn – erledigt. Job, Job, hurra …

Hilfe, die Urlauber kommen. Die Meute wird auf dich losgelassen. Gnadenlos, die eine Seite. Erfahrungslos, der andere Part. Du startest auf dem Flughafen. Alle fliegen dich an. Du bist geblendet. Von den Gästen und von der Sonne. Aber Achtung: Sonnenbrille verboten! Erste Lektion: Schon vergessen? Stets Augenkontakt halten. Verstecken gilt nicht.

Die höchste Kündigungsrate für Reiseleiter vermelden die Malediven. Zu klein, gar nicht fein. Schnell wird dir fad. Mir war nie fad (langweilig). Das Schlimmste für einen Reiseleiter ist die Unterbringung im gleichen Hotel wie die Gäste. Das heißt rund um die Uhr Dienst. Immer im Einsatz. Die Gäste glauben, du stehst ihnen tatsächlich 24 Stunden zur Verfügung. Denkste. Arbeitsbeginn ist 9 Uhr. Von 9 bis 10 Uhr hast du Sprechstunde wie beim Doktor. Um 10 Uhr findet meistens der obligate Begrüßungscocktail mit den Neuankömmlingen statt. Mittagspause 14 bis 16 Uhr. Wenn du Glück hast und nicht durcharbeiten musst. Dienstende 19 Uhr/20 Uhr. Mindestens. Das ist offiziell. So sieht es zumindest der

Dienstplan vor. Metzger (Fleischhauer), Bäcker, Supermärkte. Zu Hause fällt auch pünktlich der Rollladen (Rollbalken). Danach gibt es eben keine Semmeln mehr zu kaufen. Cerrado. Geschlossen. Dazu ein freier Tag. In meinem Fall üblicherweise Sonntag. Später hatte ich Verträge nach spanischem Recht. Die waren etwas großzügiger mit zwei freien Tagen: Mittwoch „Blaumachen". Freitag Frühschluss. Sonntag halbtags. Saisonstart 8. Februar. Saisonende 31. Oktober. Sommerbeginn nach unserer Zeitrechnung ab 1. Mai. In vielen Radfahrer-Hotels beginnt das „Abstrampeln" noch früher ...

Viele glauben, dich wirklich zu besitzen. „Wir haben ja schließlich bezahlt. Sie leben von uns!" Ich traute meinen Ohren nicht. Das hat mir eine Frau an den Kopf geworfen. Eine große stattliche Dame mit einem kleinen Mann an ihrer Seite, der nix zu sagen hatte. Dann habe ich ihr vorgerechnet: „Ich betreue rund 1.000 Gäste im Monat. Dabei verdiene ich 500 Deutsche Mark. Das heißt, Sie haben zwei DM für mich bezahlt." Ich öffne meine Schreibtischlade und lege zwei Mark auf den Tisch. „Ich bin nicht käuflich!" Sie kriegt einen hochroten Kopf, wendet sich ab und flüchtet kommentarlos. Ihren Mann, den armen Schlucker, zieht sie im Schlepptau hinter sich her. Beim Rausgehen dreht er sich auf einmal um und wirft mir ein „Kuss-Händchen" zu. Gracias.

Du hast es im Beruf nicht immer leicht. Zum Beispiel kannst du deutschen Gästen zwar einen österreichischen Reiseleiter vorsetzen, aber nicht umgekehrt. Das ist schwer. Danke, das geht gar nicht. Der Schmäh funktioniert nur in eine Richtung. Die verstehen einander (sprachlich) nicht. Ich bin zwar Holländerin, war aber oft als Übersetzerin tätig. Und habe selbst „Lehrgeld" bezahlt. In Tirol ist es mir rausgerutscht. Gegenüber Gästen aus Dortmund kam es mir über die Lippen. Den Zusammenhang weiß ich nicht mehr so genau. Der Satz: „Is eh wurscht" endete jedenfalls in einem fatalen Missverständnis. Verdutzte Blicke und folgende Antwort: „Wir wollten gar nicht wissen, wo der nächste Metzger (Anmerkung: Fleischhauer auf Österreichisch) ist ..."

Umgekehrt ist der Dialekt oft von Vorteil. Drei Wiener Burschis (Bubis) haben versucht, mich zu häkeln (zu pflanzen). Ich war schlagfertig: „Von welchem Hieb seid's ihr daher?" Glei hamms die Goschen g'hoitn. Eh kloar. Die deutsche Übersetzung: „Wo kommt ihr denn her?" Gleich haben sie den Mund gehalten. Logisch.

Kapitel 3

Auch Reiseleiter machen Fehler, wenn sie selbst auf Reisen gehen

Wir schimpfen immer mit unseren Gästen, wenn sie heim-reisen wollen, aber ohne Reisepass bei uns erscheinen: „Im Safe vergessen" – „Verloren" – „Verschwunden" – „Gestohlen". So lauten die Ausreden ...

„WIE KÖNNEN TOURISTEN NUR SO BLÖD SEIN?"

Millionen Mal haben meine KollegInnen und ich uns diese Frage gestellt. Bis ins Jahr 2009. Ab diesem Zeitpunkt kam diese Frage nie wieder über meine Lippen. Ich wollte für vier Tage nach Amsterdam fliegen, um Freunden meine Aufwartung zu machen. Ich bin also am Flughafen in Palma, wo ich jahrelang am Sonntag beinahe zu jeder Tages- und Nachtzeit meinen Dienst angetreten habe. Ich kenne nicht nur das Gebäude wie meine Westentasche, sondern natürlich von der Putzfrau bis zum obersten Boss auch sämtliche Menschen, die dort täglich fast rund um die Uhr ihren Job erledigen. Selbstverständlich habe ich mich bei allen KollegInnen diverser Fluggesellschaften blicken lassen und im Zuge dessen auch unsere NECKERMANN-Crew vor Ort besucht. Ich schlendere also in unsere Räumlichkeiten, setze mich dort hin, trinke entspannt Kaffee und quatsche und quatsche. Alles wie immer. Irgendeine nette Kollegin nimmt dann meinen Koffer und mein Ticket, checkt für mich ein, bringt mir die Bordkarte und los geht's. Vier schöne Tage in Amsterdam. Die Zeit vergeht wie im

Fluge und ich muss wieder retour. Also erneut Richtung Flughafen. Dasselbe Prozedere, einchecken am Schalter, alles wie gehabt. Nur diesmal erledige ich es halt selbst.

Ich stehe einem dunkelhäutigen jungen Mann gegen-über. So schön, so sympathisch. So süß. Ein Adonis. Ich bin verzückt und ganz hin und weg. Bis dieses Bild von einem Mann meine Träume abrupt beendet und mich nett, aber bestimmt auffordert: „Ihren Reisepass, bit-te!" Ich sage: „Reisepass? Oh Scheiße, den habe ich gar nicht dabei!" Ungläubig sieht er mich mit seinen großen, dunklen, entzückenden Augen an: „Wie bitte? Verstehe ich das richtig? Den haben Sie also nicht dabei ...???" – „Nö, der liegt bei mir zu Hause in der Schublade!"

Der Prachtkerl hält mich für eine Touristin und gibt mir den gut gemeinten Rat: „Fahren Sie schnell zurück ins Hotel und holen Sie ihren Pass!" – „Nö, das geht nicht", beginne ich den Ungläubigen aufzuklären: „Ich wohne auf Mallorca. Dort ist mein Zuhause! Ich war nur zu Be-such in Amsterdam. Ich fliege zurück in die Heimat. Dort liegt auch das Dokument!"

Holländerin und Heimat. Mallorca und zu Hause. Nicht leicht durchschaubar. Schwer zu verstehen! Und natürlich, Verwechslungsgefahr!

Vor Staunen bleibt ihm der Mund offen und die Spra-che weg. Dann stammelt er: „Äh – wie – äh – wie sind Sie dann aus Mallorca rausgekommen?" – „Ganz einfach, ich arbeite am Flughafen, die kennen mich alle. Da frägt kei-ne Sau nach dem Reisepass. Ich habe das Ding gar nicht mitgenommen." Der arme Schlucker. Ich werde sein Ge-sicht nie vergessen. Er ist fast weiß geworden. Für mich war jedenfalls mal Endstation. Vorläufig. Stichwort läufig. Ich renne in Schiphol zur nächsten Polizeistation. Bilder machen. Nicht Verbrecher-, sondern Passfotos. In letzter Sekunde habe ich den Flug noch erwischt. Atem- und ausweislos. Mit einem Ersatzdokument ausgestattet. Wieder was gelernt: Reiseleiter ohne Reisepass geht gar nicht ...

Kapitel 4

Reiseleiter-ABC

Jeder Beruf, jede Branche, jedes Genre hat seine eigene Sprache, Abkürzungen, gar Geheimnisse. Natürlich sprechen auch Reiseleiter in Rätseln. Hier die Entschlüsselung der internen Codewörter. „Hugo" etwa ist in diesem Spezial-Vokabular – sprich Reiseleiter-Amtsdeutsch – nicht mit dem gleichnamigen Getränk gleichzusetzen, sondern ...

HUGO	=	Heute unerwartet gestorbenes Objekt
HILS	=	Hugo in Lauerstellung
OTTO	=	Beschwerdeformular
		(der erste Gast, der sich bei NECKERMANN beschwert hat, hieß offensichtlich OTTO!)
EGON SCHULZE	=	Im Reiseleiter-Jargon der interne Begriff für einen stets lästigen, immer meckernden, dauerhaft schimpfenden, rund um die Uhr unzufriedenen Gast ...
RRG	=	Running-Reiseleiter-Gag: „Achtung, hier kommt Egon Schulze!" – „Neeeee, ich heiße Max Maier!" – „Mensch, Maier ..."
LAURA	=	Leistungsänderungsformular
GNK	=	Gesprächsnotizkunde
KNZ	=	Kundennachzahlung
HV	=	Hotelverschulden
NV	=	Neckermannverschulden

VV	=	Veranstalterverschulden
BGT	=	Begrüßungstreff
FIT	=	Ferieninformationstreff
VRL	=	Verantwortliche(r) Reiseleiter(in)
QM	=	QualitätsmanagerIn
ZBV	=	Zur besonderen Verfügung
ZAPFEL	=	Zahlungsverpflichtungserklärung: Ist

ein Tourist nicht „flüssig", das heißt, zahlt er nicht sofort „Cash" oder per Kreditkarte, wurde ihm ein „ZAPFEL" unter die Nase gehalten. Damit unterschrieb er eine Art Bankformular = Zahlungsverpflichtungserklärung für zum Beispiel seinen gebuchten Ausflug. Achtung: teuer! Natürlich plus Zinsen! (War wie ein Bankkredit, gibt es heutzutage in dieser Form nicht mehr)

Kapitel 5

Pinkel-Beschwerde zum „Anschiffen"!

Die Leute haben sich in die Hosen gemacht vor lauter Lachen. Es ist wohl die kurioseste Beschwerde meiner Reiseleiter-Tätigkeit. Schauplatz der Tragikkomödie: Das Hotel Boccaccio. Eine Drei-Stern-Unterkunft. Ich versuche, es behutsam auszudrücken. Beziehungsweise will ich es vorsichtig so umschreiben. Und es ist schon gar nicht meine Absicht, jemanden zu nahe zu treten: Der Gast ist König, egal was passiert: Aber – wie soll ich sagen – vom Niveau, vom „Gehalt" her, waren im „Boccaccio" eher zwei Sterne angesiedelt. Warum auch immer, es spielte sich dort regelmäßig ab, es tat sich eine Menge. Vor meinem Schreibtisch bildeten sich Tag für Tag neue Menschentrauben. Fragen über Fragen. Beschwerden galten als fixer Programmpunkt.

In den meisten Hotelzimmern befand sich früher im Bad auch ein Bidet. *Laut Wikipedia ist das Bidet (französisch) ein niedrig angebrachtes Sitzwaschbecken. Es dient zur Reinigung der Genitalien, des Anus und der Füße.* Daher A: Die meisten Leute können damit nicht umgehen. Folglich B: Sie benutzen es erst gar nicht. Alternativ C: Sie waschen ihre dreckigen Unterhosen darin aus. Oder letztlich D: Sie stehen plötzlich vor mir. In Form eines bäuerlichen, älteren Ehepaares aus Deutschland. Sie hat ihre Zöpfe rund um den Kopf gewickelt. Seine rissigen klobigen Hände lassen darauf schließen, dass der gute Mann das ganze Jahr auf dem Feld ackert und schwer schuftet. „Wie kann ich Ihnen helfen?" Ich lasse wie gewohnt meine höfliche Standardformel über den Schreibtisch ertönen. Ihre Antwort ist vorsichtig formuliert: „Wir fühlen uns wohl hier. Es ist schön. Alle sind sehr freundlich. Das Essen ist lecker." – „Schätzchen, zur Sache bitte", denke ich still vor mich hin. Sie fährt zaghaft, aber unbeirrbar fort: „Wir hätten da nur eine klitzekleine Beschwerde." Die Menge hinter der Beschwerdeführerin reagiert unterschiedlich. Während die einen unruhig von einem Bein auf das andere zappeln, beginnen die anderen schon neugierig zu Schmunzeln und spitzen unübersehbar die Ohren. „Also, raus mit der Sprache", denke ich leise weiter. „Das Problem betrifft meinen Mann." – „Aha", ist mein nächster Gedanke, der in den übernächsten mündet: „Kann er nicht selber sprechen?" Egal, bleib ruhig Astrid. Die liebe Dame kommt endlich auf den Punkt: „Also bei uns im Badezimmer ist das Pinkelbecken für Männer so niedrig angebracht, dass mein Mann jeden Tag die Hosenbeine und die Füße nassspritzt", sprudelt es aus ihr nur so heraus. Ein wasserfallartiger, tiefgründiger, hemmungsloser Wortschwall, der in der Hotelhalle mündet und dessen Ausläufer bis an die Rezeption reichen.

Ich hätte gerne mein Gesicht gesehen. Stattdessen blickte ich in die ausgesprochen ausdrucksstarken Mienen der Wartenden hinter dem Ehepaar. Die Schlange fing an zu Wiehern. Ich musste mir das Lachen verbeißen. Ich durfte nicht. Berufsethos. Aber es ging nicht anders. Trotz aller verzweifelten Versuche, es zu verhindern. Ich hielt mich krampfhaft an der Schreibtischkante fest und hätte am liebsten meine Zähne dort vergraben. Es hallte und schallte in der Hotelhalle. Das lachende Echo höre ich heute noch. Die Sekunden wuchsen zu Minuten. Gefühlt dauerte es eine Ewigkeit, bis ich meine Reiseleiter-Fassung wiedergefunden hatte. „Vergessen Sie es", starte ich meinen stotternden Erklärungsversuch im wahrsten Sinn des Wortes mit einem erstaunt weit offenen Mund. „Das, was ihr Mann benutzt, stammt aus Frankreich und nennt sich Bidet", stammle ich aufklärend weiter. „Ihr Gatte soll sich einfach zur Toilette hinsetzen, dann spritzt es auch nicht mehr", lautet mein abschließender guter Rat. Damit fiel der Vorhang. Das Ehepaar nahm meinen Tipp zum Verrichten der Geschäfte wort- und grußlos zur Kenntnis, machte mit einer rasanten Kehrtwendung den raschen Abgang und verließ – husch, husch – die Bühne.

Mich plagen seit dieser Inszenierung nach wie vor zwei Dinge: Mein schlechtes Gewissen und die Bauchschmerzen vom Lachen ohne Ende wegen der Pinkel-Beschwerde zum „Anschiffen" ...

Kapitel 6

„Pipi machen" auf Spanisch & Deutsch!

„Pipi machen" kennt jedes Kind. Und doch ist scheinbar nicht immer alles klar. Es gibt Pipi auf Spanisch. Und es gibt Pipi auf Deutsch. Dazwischen liegen offensichtlich Welten. Sprachwelten.

Mercado payes. Das heißt übersetzt Bauernmarkt. Der findet jeden Mittwoch am Vormittag in Sineu statt. Am Marktplatz und in den Seitengassen werden Obst und Gemüse, Blumen, Pflanzen aller Art sowie jede Menge Krimskrams, den keiner braucht, angeboten. Im Fachjargon: Souvenirs. Für Touristen willkommene Abwechslung und eine beliebte Tour. Die Bauern bieten gleichzeitig ihr Vieh feil: Pferde, Esel, Mulis, Schafe, Ziegen, Hühner. Mein inzwischen leider verstorbener Mann Hans – damals stolzer Reitstallbesitzer – hat in Sineu eine unserer besten Stuten gekauft, die Mori.

Wir karren also unsere Gäste per Bus auf den Bauernmarkt. Bevor sie auf Einkaufstour geschickt werden, gebe ich ihnen noch den üblichen Reiseleiter-Standardwitz für diesen Ausflug mit auf den Weg: „Kommen Sie ja nicht mit einem Pferd zurück. Das kriegen wir nicht in den Bus." Mit einem Lächeln im Gesicht traben die Urlauber los. Zeit für Juan, den Buschauffeur und für mich, die gestresste Reiseleiterin, für köstlichen Kaffee

und gemütliches Gequatsche. Die Minuten verrinnen.
Der Espresso auch. Der Vormittag verstreicht.

Spielen mir meine Augen einen Streich? Sehe ich nicht
richtig? Nach und nach trudeln die Gäste voll bepackt
mit ihren erworbenen Waren ein. Schon von weitem fällt
mir ein Ehepaar auf. Sie haben keine Einkaufstaschen
in der Hand, sondern eine Ziege an der Leine. Das darf
doch nicht wahr sein. Ich habe extra darauf hingewiesen:
„Bitte, keine Vierbeiner ..."

Die Frau ist nervös und aufgebracht. Sie „meckert" über
ihr tierisches Mitbringsel: „Wir standen doch nur dort und
haben geguckt und gestreichelt. Der Bauer hat wild gesti-
kuliert und immer und immer wieder etwas gerufen, was
wir nicht verstanden haben. Dann drückte er uns das Seil
mit der Ziege in die Hand und ist verschwunden." – „Ja, wie
das denn?", versuche ich meiner Verwunderung Ausdruck
zu verleihen. „Was hat er denn gesagt?", frage ich voll verblüfft weiter. – „Keine Ahnung, nix verstehen", versucht
die verzweifelte, unfreiwillige Neo-Ziegenbesitzerin die
Situation zu dolmetschen und „auszudeutschen". – „Was
haben Sie gemacht?", bohre ich nach. – „Gewartet! Aber
der Bauer kam nicht retour. Und dann haben wir Angst
bekommen, den Bus zu versäumen."

So stand das Trio vor mir:

Der Mann, steif wie ein Bock.

Seine „meckernde" Frau.

Und original, die Ziege an der Leine!

Okay, ich nahm die Zügel in die Hand: „Ich glaube,
ich weiß, wer der Händler ist, ich regle das." Ein tierischer Abgang ...

Ein paar Gassen weiter steht der „bestohlene" Bauer. Er kratzt sich am Kopf. Sein Blick: alles andere als lammfromm. Er schimpft wie ein mallorquinischer Rohrspatz: „Touristen haben mir meine Ziege geklaut." – „Böse Touristen haben mir meine Ziege geklaut", schreit und flucht er immer wieder vor sich hin. – „Du bist ein Trottel", unterbreche ich jäh sein Gejammere. „Wo warst du so lange?" – „Pipi!" – „Nur Pipi!" – „Pipi" – „Ich habe ihnen doch erklärt, dass ich Pipi machen muss. Pipi heißt doch Pipi auf Deutsch, oder ...???"

Der WC-Gang als Reinfall. Der Klo-Weg als Irrläufer. Die Toiletten-Pause als sauberes Missverständnis. Arme Würstchen, alle um eine Erfahrung reicher. Die Hauptsache: Zum Schluss waren die Sprachbarrieren wie „weggespült" ...

Kapitel 7

„Verpuffte" Frage:
Reiten auf Stuten?

Noch so eine Sache, vermeintlich mit den Vierbeinern. Ich sehe den Mann vor mir. Ein Deutscher. Rund. Und rund um die 50 Jahre. Nicht allzu groß. Höflich. Reiseleiterinnen sind ja da, um Urlaubern ihren Urlaub so angenehm wie möglich zu gestalten. Dafür müssen wir so manche Frage beantworten. Und so will der gute Mann von mir wissen: „Wo kann ich zum Reiten hingehen?"

Reiten! Mein Hobby. Mein Spezialgebiet. Zusammen mit meinem Mann Hans hatten wir ja eine Reitschule bei Ca'n Picafort. Ich springe voll an: „Ha, da sind Sie bei mir an der richtigen Adresse. Bei mir können Sie reiten", erwidere ich voller Glut und Leidenschaft.

Er sieht mich verdutzt an. Seine Wangen verfärben sich leicht rötlich. Verlegen rutscht er auf dem Stuhl hin und her. Seine Hände verkrampfen schwer. Leicht stotternd sucht er nach einer Er- bzw. Aufklärung: „Ich glaube, wir reden aneinander vorbei", fängt er an, sein ursprüngliches Anliegen näher zu erläutern. Und setzt fort: „Ich glaube, Sie haben mich nicht richtig verstanden."

Jetzt werde ich rot im Gesicht. Ich ahne etwas. „Sie wollen reiten? Was meinen Sie denn genau damit?" Langsam beginnt es bei mir zu dämmern. Er weiß jetzt genau, was er will: „Ich meine das Reiten, wo man(n) den Stuten in die Augen schauen kann. Für das richtige Reiten, also das normale, sind meine Arme zu kurz, um die Zügel zu halten", kommt er auf den Punkt. Irgendwie fühle ich mich auf den Pferdeschweif getreten. Ich habe es endlich geschnallt: „Ohhh! Ahhh! Sie meinen eine Frau? Okay, da sind Sie bei mir doch an der falschen Adresse. Aber ich kann helfen. Wir haben in Ca'n Picafort ein Bordell. Ich gebe Ihnen die richtige Adresse." Irgendwie ist die Frage bei mir „verpufft" ...

Einfach zum Wiehern. Ich, als
ehemaliges Zirkuskind und Reiterin,
liebe ja tierische Geschichten.

LAUTER TIERISCHE GESCHICHTEN

*Zwischen den Zweigen erblicke
ich ein Stückchen einer Kutsche.
Ich denke, wo eine Kutsche ist,
muss auch ein Pferd sein.*

Kapitel 8

Ross an der Rezeption!

Diese Begegnung finde ich ebenso zum Wiehern. Ich, als ehemaliges Zirkuskind und Reiterin, liebe ja tierische Geschichten. Doch der Reihe nach. Vor dem Ross an der Rezeption war da noch diese strohdumme Geschichte. Mein Mann und ich erhalten eine Lieferung mit Stroh für unsere Pferde. Die Ballen türmten sich auf dem Anhänger. Fein säuberlich gebündelt Richtung Himmel. Weder der Lieferant – unser Hufschmied –, noch mein lieber Mann, beides eher erdige Typen – hatten Bock darauf, Höhenluft zu schnuppern. Also den Gipfel der Strohballen zu erklimmen. Sie trafen eine schlichte, bodenständige Entscheidung und wollten lieber unten schlichten. Also Einschlichten. Astrids Arbeit: Ich musste wieder einmal hoch hinaus, um Ballast – sprich die Ballen – abzuwerfen. Mein besorgter Mann warnt mich noch liebevoll: „Astrid, pass auf! Blöd wie du bist, schmeißt du dich noch selber runter!" Gesagt, geflogen. Ich steuerte zielsicher auf ein Loch zwischen zwei Strohbündel zu. Volltreffer! Rasant ging es im Blindflug abwärts.

Solche Bruchlandungen legte ich leider öfter in meinem Leben hin. Wieder einmal wurde ich in Gips gegossen. Zumindest mein gebrochenes Handgelenk und der Arm. Okay, ich war zwar gewissermaßen ein gefallenes Mädchen, bin aber nicht auf die Schnauze geflogen. Den

Mund lasse ich mir nie verbieten. Ich meldete mich daher bei meinem Dienstgeber „mündlich" einsatzfähig. Statt Krankenstand hielt ich dem Kranksein stand. Ich waltete Kraft meines Amtes, empfing Gäste, führte Begrüßungen durch und verkaufte Ausflüge. Alles „redlich". Die Schreibarbeiten habe ich negiert beziehungsweise delegiert. Der „Hals- und Beinbruch" hatte auch seine guten Seiten. Mein Chef ließ nach meinem Absturz extra von der Ostküste eine Reiseleiter-Kollegin zur Verstärkung „einfliegen". Ich wurde chauffiert und hofiert. Sie hat mich von zu Hause mit dem Auto abgeholt und an den jeweiligen Arbeitsplatz in den diversen Hotels gefahren.

Wir schreiben also den 4. Oktober 2007. Ein düsterer, dunkler Tag. Der Wagen parkt vor dem Hotel Alcudi Mar. Wir überqueren die Hauptstraße und schlendern zum gegenüberliegenden Hotel Alcudia Park. Kaum drinnen wird es ganz, ganz finster. Ich habe keine Erklärung dafür, warum es „komisches Wetter" heißt. Es war alles andere als lustig. Wie im Film. Eine Schneise. Ein Wirbelwind. Wie ein Hurrikan, Taifun und Tornado zusammen. Eine Windhose. Sie brauste von Palma übers Land und erwies sich in Alcudia als Straßenfeger. Alles weggewischt bis zum letzten Hemd. Ein „Reißer": Autos, Bäume, Dächer. Ein Rattenschwanz an Verwüstungen.

„Dicke Luft" herrscht auch auf der Hotelterrasse. Stühle und Tische wirbeln durch die Atmosphäre. Ich strecke meine neugierige Nase vor die Hoteltüre. Sicherheitshalber. Sollten wir nicht unseren Wagen woanders parken? Zu spät. Die Straße ist bereits blockiert. Der Sturm hat Pinien umgeknickt. Die „Streichhölzer" säumen jetzt den

Weg. Zwischen den Zweigen erblicke ich ein Stückchen einer Kutsche. Oh Gott. Ich denke, wo eine Kutsche ist, muss auch ein Pferd sein. Das gehört nun einmal zusammen und nennt sich Gespann. Spannend. In dem Moment teilen sich die Äste. Der Kutscher kommt zum Vorschein. Ein großgewachsener junger Mann. Ich schätze, so an die 20 Jahre alt. Er hält die Zügel noch fest in der Hand. Am anderen Ende befindet sich das Pferd. Irgendwie hat es der Fuhrmann geschafft, den Vierbeiner auszuspannen. Gott sei Dank. Die Urgewalten toben unaufhörlich weiter. Dass einem Hören und Sehen vergeht. Es schüttet in Schaffeln. Eimer um Eimer. Literweise. Ross und Reiter – pardon Kutscher – sind angeschüttet. Pitschnass bis auf die Knochen. Ich versuche, den „Wasserfall" zu übertönen: „Kommt rein ins Hotel", brülle ich den „Verschütteten" zu. – „Geht nicht", tönt es retour. „Ich kann mein Pferd nicht alleine lassen!" – „Kommt rein ins Hotel", wiederhole ich meine Ansage. „BEIDE. Du UND dein Pferd." Der Tierhalter staunt tierisch: „Wirklich?" – „Kommt endlich!"

Hü. Zügel los. Mensch und Vieh traben an. Der Bewegungsmelder öffnet die doppelte Hoteltüre. Schüchtern tritt der Bursche ein. Hinter ihm sein schnaubender Freund. Geschafft. Zumindest fast. Hoppla. Das Pferde-Hinterteil stellt sich als zu lang heraus. Die Türe schließt wieder. Der Schweif dazwischen. Tür auf, Tür zu. Eingeklemmt. Tür auf, Tür zu. Die Hinterhand erneut mittendrin. Tür auf, Tür zu. Der Anblick bricht mir als passionierte Tierliebhaberin das Herz. Mit meinem nicht gebrochenen Arm nehme ich jetzt ebenso die Zügel fest in die Hand und ziehe den „Braunen" endgültig an Land. Allerhand: Ross an der Rezeption! „VIEHnale". Fest verankert …

Das nächste Rettungsmanöver: SOS, ich alarmiere die Putzdamen: „Decken her." Jede Menge Decken. Keine Polster- sondern Pferdedecken;-). Schließlich gehören die Gestrandeten so schnell wie möglich unter trockene Tücher. Pferd pitschnass. Also Schwamm drüber …

Unmittelbar danach geht es drunter und drüber. Essenszeit. Der Lift wirft die ersten Gäste aus, die gen Speisesaal galoppieren. Doch Halt. Zwischenstopp. Ich glaub, mich tritt ein Pferd. Donnerwetter und Blitzlichtgewirr. Die ersten Touristen schießen ihre Erinnerungsfotos mit dem Ross an der Rezeption. Die Nachricht erweist sich als „sattelfest" und macht im Haus schnell die Runde. Jeder möchte sich in „natura" ein „Vollblut-Bild" machen. Der Herdentrieb setzt ein und Horden von Leuten stellen sich an. Laufend heißt es: „Bitte Wiehern". Den Touristen gefällt das. Sie lassen sich die rassige „Ross-Revue" sogar etwas kosten und „füttern" das Pferde-Portemonnaie spendabel mit Euro-Münzen. Obwohl kein Rennpferd, spielt der fotogene Vierbeiner artig sein „Preisgeld" ein. Die Story entwickelt sich immer mehr zum Renner. Selbst das Sauwetter hält die Zeitungen nicht ab, ihre Reporter vor Ort zu schicken, um das vielzitierte Ross an der Rezeption ebenfalls abzulichten. Die Augen des Fiakers wuchsen und wuchsen und waren bald größer als die seines Begleiters. Der Mund stand weiter offen als das Maul des Gefährten. Die Kutscher-Kassa klingelte und klingelte und klingelte …

Der Direktor des Hauses schickte die tierische Schlagzeile samt Bildbeweis mit folgendem Text an die Zentrale seiner Hotelkette: *„Ich bin mir nicht sicher, ob das Pferd eine Reservierung hatte und nur auf den Zimmerschlüssel gewartet hat oder ob es gerade buchen wollte."* Die ungläubige Zentrale „entschlüsselte" das Schreiben und glaubte an eine Fotomontage. Nein, echt echt. Ich schwöre bei allen Pferdeäpfeln und Rossknödeln.

Kapitel 9

Wie ich beim Stierkampf zum „Matador" wurde ...

Der 24. Juni hat für die Insel eine ganz besondere Bedeutung. Sant Juan feiert seinen Namenstag. Er gilt als Beschützer von Palma de Mallorca und von allen, die Juan heißen. Natürlich auch vom damaligen spanischen König Juan Carlos. Aus diesem Anlass findet zu Ehren von Sant Juan Jahr für Jahr ein Stierkampf statt. Die Austragungsstätte befindet sich in Muro. Dort gibt es eine alte Arena. Aus dem Felsen herausgehauen. Nicht hingesetzt, sondern natürlich. Ein faszinierendes Ambiente. Berühmte Matadore halten dort stets Einzug.

Ortswechsel. Zehn Kilometer von Muro entfernt – bei Ca'n Picafort – liegt eine große Finca. Son Sant Marti. Sowohl eine Pferde- als auch eine Stierzucht. Mein Mann und ich, bekanntlich beide mit Begeisterung der Reiterei verschrieben, hatten dort – je nachdem – zwischen sechs und zehn Pferde stehen. Es war 1979, mein erstes Jahr auf der Insel. Ende April bin ich angekommen. Kurz darauf – wie bereits erwähnt am 24. Juni – durfte ich erstmals das Stierkampf-Spektakel miterleben. Nicht nur das, ich wurde ein Teil davon. Pferde sind meine Leidenschaft, Stierkämpfe weniger. Dennoch sollten wir mit unseren Rössern das Festival eröffnen – als sogenannte „Einreiter".

Ich sagte zu. Offen für alles, öffneten sich mit meinem JA gleich einmal eine Reihe von „NO GOs". Ein Rätsel, warum ich überhaupt in Frage kam. Ich erfüllte kein einziges Mindestkriterium: Ich war kein Mann. Geschweige denn ein Mallorquiner. Nicht einmal ein Spanier. Noch dazu „sprachlos", also des mallorquinischen Dialekts nicht mächtig. Zusätzlich mit zahlreichen Handicaps behaftet: Frau, Ausländerin, ja sogar Holländerin. Amazone von A bis Z.

Zum A&O des „Einreitens" gehören folgende Aufgaben: Nach Choreographie-Plan in der Arena hoch zu Ross ein paar Runden drehen. Dann im Galopp zur Ehrenloge. Von dort schmeißt der Herr Bürgermeister einen Schlüssel runter, den es gilt, aufzufangen. Damit im Trab zu den Stallungen der Stiere, wo mit diesem Türöffner das Tor aufgesperrt wird. Bulle rein, Astrid raus. Soweit der Plan. Es wird schon gut gehen, dachte ich. Mit meinem Mann an meiner Seite.

Der Tag X begann allerdings mit einem Ypsilon, einer großen Unbekannten. Hans ritt einen stolzen andalusischen Hengst. Beim Verladen zeigte das Tier seine ganze Erhabenheit. Der störrisch-sture Schimmel wollte partout nicht auf die Laderampe und schon gar nicht in den Transporter. „Ausgeladen" – zurück in den Stall. Ich war allein auf weiter Flur. Zumindest ohne Hans als Dolmetscher neben mir. Mein Wegbegleiter hieß Jatib. Ein preisgekrönter Araberhengst. Lammfromm und gutmütig. In der Arena angekommen, lief es weiter eher schlecht als recht. Alle Anweisungen, sämtliche Kommandos, der Versuch, mir eine Choreographie „einzudeutschen", erfolgten auf Mallorquinisch. Ich verstand kein einziges Wort. Was ich dann irgendwie doch kapiert habe: „Astrid, raus mit dir. Mach was du willst." Das brauchst du einem Zirkuskind wie mir nicht zweimal sagen. So hat es immer funktioniert. Mein ganzes Leben lang. Jatib und ich machen also in der Arena vorsichtig Meter. Leise ertönt die Musik. Sie wird immer lauter. Von den Rängen erklingen Rufe: „Olé" – „Olé" – „Olé". Unsere Vorführung erhält scheinbar Anerkennung. Ich werde übermütig und führe Jatib in die Mitte der Arena. Dort lasse ich ihn „Steigen". Hoch mit ihm: „Arriba". Rauf mit den Vorderbeinen. Ich wiederhole das Kunststück ein paar Mal. Du musst nur aufpassen, dass du im Sattel bleibst. Geschafft. Die Menge applaudiert.

Wie gewünscht galoppieren wir Richtung Ehrenloge. Der Bürgermeister wirft den Schlüssel. Er landet im Sand. Nicht der Bürgermeister, sondern der Schlüssel. Das ging daneben. Verfehlt. In den Sand gesetzt. Kleines Missgeschick. Egal. In Summe ein großer Auftritt. Vorhang. Beifall. Ende gut, alles gut. Zwischen den Felsen fällt mir ein Stein vom Herzen. Es war ein unvergessenes Erlebnis. Hoch zu Ross. Eine noch höhere Ehre. Als erste Frau auf Mallorca durfte ich einen Stierkampf eröffnen. Ich, die Amazone. Olé. Jetzt aber rasch raus aus der Arena, bevor mich noch der Stier hörnt.

PS: Offenbar hinterließ ich einen bleibenden Eindruck. Zwei Monate später war es wieder so weit: Stierkampf in Inca. Tatsächlich, ich wurde wieder gefragt, erteilte aber eine Absage. Leider nein. Eine Pferdestärke habe ich im Griff. Mein Moped nicht. Unfall. Wadenbeinbruch. Gips statt Galopp ...

Kapitel 10

„Affenartiger Rüssel-Raub"

An der Ostküste gab es in den 70er/80er-Jahren einen Safari-Park: Son Servera. Ein Mittelding zwischen Urlauber-Attraktion und Touristen-Falle. Mein Gott, was haben Reiseleiter für Märchen erzählt: „Die Tiere machen in Mallorca Zwischenstation, um dann in Afrika ausgewildert zu werden. Hier können sie sich schon ein bisschen auf das wärmere Klima einstellen." Absoluter Schmarren (Blödsinn). Die Viecher waren auf der Insel bis zu ihrem Tod gefangen. Aber die Leute wollten das hören und haben es geglaubt ...

Abgesehen von den Raubkatzen im Gehege, tobten die tierischen Safari-Park-Bewohner auf dem Gelände frei herum: Affen, Giraffen, Nashörner, Strauße und ein Elefant. Der hatte die Angewohnheit, die Touristenbusse gleich beim Eingang in Empfang zu nehmen. Bei der Einfahrt stand eine kleine Rezeption mit einer Art Durchreiche. Der Busfahrer musste die Papiere – Tickets etc. – von seinem Fenster aus übergeben. Wie immer kommt also der Elefant schon „angedackelt" und baut sich vor dem Bus auf. Sein Rüssel spielt mit der Scheibe. Damit nicht genug. Flugs schiebt der Elefant den „Fangarm" durchs Fenster. Der Koloss schaut sich kurz um und lässt das „Werkzeug" kreisen. Zack, klaut der gewiefte, graue Dieb die Mappe mit sämtlichen Unterlagen: Eintrittskarten,

Abrechnungen, Formulare – alles aufgefressen. „Unterschlagen" und nie mehr aufgetaucht. Ein affenartiger Rüssel-Raub.

Apropos Affen. Die sind noch dreister. In Gefangenschaft nehmen sie sich jede Freiheit. Wer mit dem Privatauto in den Safari-Park fährt – selber schuld. Schimpansen und ihre Artgenossen verstehen ihr Handwerk. Die Motorhaube ist ihr Sprungbrett. Das Dach dient als Trampolin. Mit wenigen Handgriffen zerlegen sie ein Fahrzeug. Scheibenwischer vorne und hinten, Spiegel links und rechts. Wehe, wenn die Stoßstange lose ist. Wer klüger ist und einen Mietwagen chauffiert, braucht blöderweise eine Vollkasko-Versicherung.

Busse werden ebenfalls nicht verschont. Auch das Innenleben wird inspiziert und gegebenenfalls zerlegt. Zumindest dann, wenn „Tür und Tor" offen stehen. Eine Reiseleiter-Kollegin, erstmals bei diesem Ausflug mit an Bord im Bus, wollte partout nicht auf den Fahrer hören. „Bitte mach die Tür auf, ich möchte an der Rezeption aussteigen", bat sie den Lenker mehrmals. Der routinierte Mann am Steuer ließ sich durch die „damenhafte Dämlichkeit" erweichen und drückte den Türknopf. Startsignal für jenen Affen, der bereits am Außenspiegel baumelte und die willkommene Gelegenheit zur „Einkaufstour" nutzte. Über die Köpfe und Schultern der kreischenden Touristen hinweg fegte das Äffchen durch das Businnere, um alles nicht niet- und nagelfeste zu ergaunern: Ess- und Trinkbares, Einkaufstüten, Kappen, Schirme und die Handtasche der Reiseleiterin vom Vordersitz als Souvenir zum Abschied. Zwei Wärter haben den diebischen Affen eine Stunde gesucht. Die „Verhandlungen" dauerten noch einmal so lange. Bis der Tauschhandel perfekt war: Erdnüsse gegen Handtasche. Dort natürlich „Nüsse" – nix drinnen. Die Leere als tierische Lehre.

Kapitel 11

Wie sich Herr Maier zum Affen macht ...

Ich bin ja eine Weitgereiste. Eine Weltenbummlerin. So ist mir ein Ausflug in Acapulco in Erinnerung geblieben. Unsere Reisegruppe besucht eine wunderschöne mexikanische Gartenanlage. Mittendrinnen sitzt ein Affe. Angebunden an einem Stöckchen. Eingeschränkt in seiner Bewegungsfreiheit. Aber doch an der langen Leine. Der süße Schimpanse war nett anzusehen. Aber er konnte leicht „sauer" werden. Dementsprechend warnte die Reiseleiterin: „Achtung, kommen Sie dem Affen nicht zu nahe. Er beißt. Wenn ihm einer nicht gefällt, schnappt er sofort zu." Natürlich sind deutsche Touristen unbelehrbar. Noch dazu, wenn einer Maier heißt. Bei dem einen Ohr rein, beim anderen „ungehört" raus. Mensch Maier macht auf mutig: „Ich kann mit Tieren umgehen. Daheim habe ich einen Hund." Vier Pfoten zu Hause und (fast) freilaufender Affe. Ein tierischer Unterschied. Wer nicht hören will, muss fühlen. Für Maier fühlte es sich nicht so gut an. Trotz Aufforderung, Abstand zu halten, geht Herr Maier mit beinahe affenartiger Geschwindigkeit auf den Schimpansen zu. Ruckzuck streckt er dem putzigen Tierchen seine Hand entgegen. Das Äffchen verweigert den „Handschlag" und schnappt schlagartig mit seinen scharfen Zähnen zu. Herr Maier hat sich zum Affen gemacht. Er brüllt laut auf. Springt von einem Bein auf das andere. Er blutet wie Sau. Aus dem Spaß wurde bitterer ernst. Dennoch können sich die „Artgenossen" aus der Reisegruppe das Lachen nicht ganz „verbeißen".

Die tierische Begegnung hat Auswirkungen: Ausflug abgebrochen. Ab in die Ambulanz.

Am Abend erscheint Herr Maier im Speisesaal zur „Raubtierfütterung". Kleinlaut statt großspurig. Der Zweibeiner hat seine „Pfote" dick eingebunden. Badeurlaub beendet. Ein lehrreiches Fall-Beispiel: „Felle" davongeschwommen ...

Kapitel 12

„Retterin der Teddybären"

Nicht zu fassen, was da alles in den Laken verloren geht, wenn die Zimmermädchen die Betten frisch beziehen. Abgesehen von Pyjamas und Nachthemden, Tangas samt BH und Unterhosen, auch Uhren und Ohrringe, dazu Kondome, Kugelschreiber und natürlich jede Menge Kuscheltiere verabschieden sich auf Nimmerwiedersehen.

Vieles bleibt für immer verschwunden, manches taucht wieder auf. Besitzt das Hotel eine hauseigene Wäscherei, ist es leichter, Dinge wiederzubeschaffen. Erfolgt die Reinigung auswärts und wird Schmutzwäsche aus 40 Häusern bearbeitet, ist es wie die berühmte Nadel im Heuhaufen. Es bricht mir jedes Mal das Herz, wenn kleine Kinder um ihre Plüschtiere weinen. Das hat mir den Spitznamen „Retterin der Teddybären" eingebracht. Da spielen sich oft die grausamsten Szenen ab. Der Nachwuchs kann aus Sorge um das verlorene Kuscheltier nächtelang kein Auge zudrücken. Die Eltern auch nicht. Das Gebrüll ließ schon ganze Hotels nicht zur Ruhe kommen. Alle angebotenen „Ersatz-Kuschelmonster" werden keines Blickes gewürdigt, nicht einmal der Arsch riskiert ein Hinsehen. Am nächsten Tag, mit viel Glück, spürt Detektivin Astrid die kleinen Lieblinge der kleinen Lieblinge wieder auf: Im Idealfall kehren sie gewaschen an ihren angestammten Platz zurück. Und das Geheule hat – dem Teddybär-Gott sei Dank – ein Ende.

Aus eigener Erfahrung weiß ich, wie schmerzlich der Verlust seines Lieblingsspielkameraden ist. Ich bekam meinen Teddybären geschenkt, als ich ein Jahr alt wurde. Bis heute ist er mein ständiger Begleiter. Er sitzt nach wie vor auf der Couch in meinem Wohnzimmer. Er heißt AIPILO. Das hat mit Streicheln zu tun. Er hat keine Haare mehr auf der Brust – alle weggestreichelt. Die Augen sind ihm bereits rausgefallen – aus Altersschwäche!

Als ich drei war, hat AIPILO mit einem Mal seinen Kopf verloren. Da lag er hilflos: Zwei Teile Rumpf, ein Teil Schädel. Ein bis heute unvergessener Anblick. Schrecklich. Meine Mutter hat gesagt, sie hätte noch nie so laut und so lange eine „Feuerwehrsirene" gehört. Es gab keinen Schalter, um mein hysterisches Gebrüll und Gekreische zu stoppen. Kein „Not-Aus" für den Notfall. So spielte meine Mama Feuerwehr. Über Nacht hat sie AIPILO wieder zusammengeflickt. Mit einer Not-OP. Operation gelungen. Großartig. Klein-Astrid beruhigt. Ein Schal drum herum hat die „Narbe" verdeckt. Die „Retterin der Teddybären" wurde mir quasi in die Wiege gelegt ...

Kapitel 13

Coco, Liebe auf den ersten Kakadu-Blick

Im Hotel Bahia de Alcudia, Richtung Hafen, an der Nordküste, habe ich viele Jahre als Reiseleiterin verbracht. Abgesehen davon, dass es heute noch komplett in privater Hand ist, hatte es damals als einziges Hotel eine große Gartenanlage mit vielen Vögeln: Kakadus, Papageien, Schwäne. Einen gefiederten Freund schloss ich sofort speziell ins Herz. Einen Kakadu. Liebe auf den ersten Blick. Ich taufte ihn Coco.

Coco durfte tagsüber auf einem abgesägten Baumstamm sitzen und sein flatterhaftes Leben genießen. Seine Flügel waren gestutzt, damit er nicht abheben konnte. Flugverbot! Er liebte mich heiß und innig. So oft ich Arbeits-Leerläufe hatte, besuchte ich Coco im Garten. Flugs kam er kuscheln. Schnabelschmusen. Zärtlich liebkoste er meinen Hals. Ein zutraulicher Vogel. Er saß bei mir auf dem Arm, auf der Brust, auf der Schulter. Ich genoss sein vollstes Vertrauen. Kein Wunder, war ich doch jedes Mal gespickt mit Leckerlis: Knabbereien, Nüsse, Obst. Er spielte mit meinen Ohrringen. Oder knabberte an der Halskette. Ich bin die beste Kundin beim Juwelier gewesen. In der Reparaturabteilung bei Roberto: „Ah, ist dein Vogel wieder mit dir durchgegangen?" – „Ja, Kette durchgebissen!" Cocos Leibspeise. Nicht nur einmal hat der „komische Vogel" meine Halsketten „durchgekaut".

Er war auch ein besonderer Vogel. Er spürte, wenn seine Zeit ablief und sich mein Feierabend näherte. Dann weinte Coco fürchterlich. Es war ein Schreien wie Heulen. Oft kamen mir dabei die Tränen. Ich drehte wieder um und habe ihn noch einmal gestreichelt. Dieses Verabschieden und kurz darauf das Wiedersehen wiederholte sich bis zu fünf Mal. So eine „Heulsuse". Ich brachte es einfach nicht übers Herz, zu gehen. Ich hatte sozusagen einen Vogel ...

Diese bunte Tiergattung kennt innerlich nur schwarz oder weiß. Entweder sie mögen einen Menschen oder eben nicht. Mein Vogel blieb natürlich den Gästen nicht verborgen. Einer Dame aus Deutschland, Frau Huber, fiel unser „Techtelmechtel" auf. Ich unterstelle ihr jetzt, dass sie eifersüchtig war: „Ich möchte den Vogel auch streicheln", bat sie mich. – „Nein, das geht nicht. Coco beißt." – „Aber warum denn, er sitzt doch bei Ihnen friedlich auf dem Arm." – „Ja, er liebt und akzeptiert mich. Sie sind eine Fremde." – „Warum, ich bin doch schon eine Woche da?" Wie Herr Maier, vom Affen gebissen, wollte es auch Frau Huber wissen. Sie reichte dem Vogel die Hand. Zurück blieben viereinhalb Finger. Die „dumme Pute" musste Federn lassen. Entschuldigung. Tut mir leid, aber ich habe die Dame vor meinem Vogel eindringlich gewarnt ...

SCHRÄGE VÖGEL IM „CLUB SCHWALBE"

Schwalben fliegen im Winter bekanntlich in den Süden, um dort zu überwintern. Das machen Menschen auch. Sie kommen in der kalten Jahreszeit nach Mallorca. Für vier bis zwölf Wochen. So nannten wir unseren Altenklub in Ca'n Picafort „Club Schwalbe". Ich habe die „Rentner-Gang" fünf Jahre lang betreut und gemanagt und dabei vieles organisiert und erlebt (1979 bis 1984). Vom Frühschoppen bis zur Tiersegnung. Vom „Fünf-Uhr-Tee" bis „5 vor 12", dem Blutdruckmessen.

*Über den Herzschlag „diagnostizierte"
ich bei einem Gast, dass er einen
Schrittmacher eingepflanzt hat.*

Kapitel 14

Mit einem (Herz)Schlag plötzlich Wunderheilerin

Das Blutdruckmessen gehörte als fixer Bestandteil zum „Club Schwalbe". Eine Ärztin hat mich dafür extra zur „halben Krankenschwester" ausgebildet. Das war eine ernste Sache – mit eigenem Pass zum Eintragen der Werte und allem Drum und Dran. Falls zu hoch oder zu niedrig, habe ich meine „Pensionisten-Pappenheimer" gleich zum Onkel Doktor geschickt. Gott sei Dank. Der hat dann ihre Medikamente wieder auf die richtige Dosis „nachjustiert". Einige „Patienten" machten sich aus dem Ritual – zwei Mal in der Woche – einen Jux. Vor allem die Männer. Sie traten in der Früh brav zur Kontrolle an. Nach einer Stunde sind sie schon wieder dagestanden: „Schwester Astrid, bitte Nachmessen." – „Warum? Was ist los? Gibt's Beschwerden?", fragte ich anfangs noch besorgt. – „Das wollen wir ja von dir wissen. Wir haben ein Bierchen und einen Cognac intus. Jetzt möchten wir uns vergewissern, ob wir weitertrinken dürfen oder nicht." Oh, Mann! Scherzbolde. Sapperlot, solche Saufnasen ...

Ich stellte aber tatsächlich meinen „guten Riecher" unter Beweis. Ich wurde automatisch immer routinierter. Mit der Zeit lag mein Gehör absolut richtig. Meine Ohren nahmen den Rhythmus wahr. Über den Herzschlag „diagnostizierte" ich bei einem Gast, dass er einen Schrittmacher eingepflanzt hat. Der Herr staunte nicht schlecht, wie gut ich über sein Innenleben Bescheid wusste. Mein „Befund" verbreitete sich wie ein Lauffeuer von Hotel zu Hotel. Am Ende der Nachrichtenkette wurde ich als „Wunderheilerin" gehuldigt. Mit einem (Herz)Schlag. Der Andrang beim Blutdruckmessen war kaum mehr zu bewältigen. Alle suchten Schwester Astrid auf. Selbst die „Nichtschwalben" aus anderen Häusern kamen scharenweise angeflattert. Am Abend stieß ich dann meinerseits auf „taube Ohren". Die Stöpsel vom Stethoskop haben ganz schön weh getan ...

Kapitel 15

Maria im gemachten Nest:
„Ich bin doch nicht blöd ..."

Eine meiner Schwalben-Gäste hieß Maria T. Ich nannte sie immer „Maridl". Mit 75 Jahren setzte sie sich das erste Mal ins gemachte Nest. Jahr für Jahr kam sie pünktlich angeflogen. Aus Hannover. Mit 85 ist sie „flügge" geworden – abgehauen. Ich habe sie nie wiedergesehen.

Ein kleines, aber feines Weibchen. Gebürtige Oberschlesierin. Ein Leben lang Haushälterin bei betuchten Leuten. Ledig. Keine Kinder. Eine brave Sparerin für ihre Reisen. Das Komische an ihr: Sie buchte zwar regelmäßig, aber immer nur für einen Monat. Nie für drei. Obwohl sie jedes Mal vor Ort verlängerte und immer bis Saisonende blieb.

Jahrein, jahraus hatte ich sie an der Backe. Und mit ihr die ganze Arbeit. Jede Menge Papierkram. Hat es sich „Madame Maridl" endlich überlegt? Gibt Sie uns weiter die Ehre? Sie buchte einen zweiten Monat. Später den dritten. Da ein Formular, dort ein Formular. Und stets die Flüge verschieben. Oft gab es keine Maschine nach Hannover. Nur Hamburg oder Bremen standen zur Auswahl. Maridl musste von dort auf eigene Faust in ihre Heimatstadt. Kompliziert für mich, schwierig für sie. Bis mir der Kragen geplatzt ist. „Mensch, Maridl! Warum buchst du nicht gleich für alle drei Monate auf einmal? Du bleibst doch sowieso bis zum Schluss." Die Gute sieht mich verdattert an: „Ich bin doch nicht blöd. Wenn ich nach zwei Monaten sterbe, habe ich vier Wochen umsonst bezahlt!"

Kapitel 16

Meine reichsdeutsche Frühschoppen-Gruppe

Mit meinen „Stamm-Schwalben" ging es am Sonntag direkt nach dem Frühstück gleich weiter zum Frühschoppen. Auf Bierchen und Cognac. Gute Stimmung inklusive. Doch eines Tages verging mir die Laune. Mein Chef höchstpersönlich tauchte auf. Das war noch nicht der Grund, um mies aufgelegt zu sein. Er hatte einen Brief mit sich. Genauer gesagt eine Beschwerde. Da stand zu lesen: „Wir REICHSDEUTSCHE beschweren uns, dass wir betreut werden von einer holländischen Schwalbenmutter und von einem jugoslawischen Reiseleiter." Mir blieb die Spucke weg. Ich sehe meinen Kollegen noch exakt vor mir. Slatko: Ein Mann von einem Kerl. Wir hatten damals rote Uniformen, er orangerote Haare. Eine farbenprächtige Kombination. Aber zurück zum Inhalt. „Wir REICHSDEUTSCHE haben wohl das Recht auf eine deutsche Reiseleitung." Gezeichnet von 12 Unterschriften. Ich bin an die Decke vor Wut. Die Höhe. Der unrühmliche Höhepunkt in meinem Reiseleiter-Leben. Der Gipfel der Frechheit. Die Spitze der Spitzfindigkeiten. Ich nehme die Namen unter die Lupe. Das ist doch meine Frühschoppen-Gruppe. Die kenne ich doch. Na warte, die werden mich kennenlernen. Ich bin auf 10.000. Mein Chef hat mich wieder runtergeholt: „Astrid, egal was du jetzt tust. Das musst du dir nicht gefallen lassen. Du kannst die ganze Gruppe rausschmeißen. Wir stehen hinter dir."

Am nächsten Sonntag knöpfe ich mir die Truppe vor. Wir sitzen wieder beim Frühschoppen. Aber es wird nicht so gemütlich wie sonst. Der Kellner kommt, um die Bestellungen aufzunehmen. „Manolo, warte bitte. Es kann sein, dass du heute kein Geschäft machst, weil die Leute gleich aufstehen und gehen. Ich habe da etwas zu klären."

Ich halte den Beschwerdebrief in der Hand und den „Anklägern" unter die Nase: „Erkennen Sie die Unterschriften? Sind wir Menschen zweiter Klasse?", fange ich an zu poltern. Die Gruppe schweigt. Kein Blickkontakt. Die Köpfe nach unten. „Schämen Sie sich nicht? Von Angesicht zu Angesicht hihi und haha und dann hinter meinem Rücken so einen Blödsinn schreiben." Mit meiner Brandrede mache ich den „Reichsdeutschen" ordentlich Feuer unterm Hintern: „Vor dem Herrgott sind alle gleich. Wir sind nackt auf die Welt gekommen und gehen nackt wieder zurück. Am Klo muss jeder die Hose runterlassen. Was soll diese Scheiße? Für mich ist der Frühschoppen beendet. Ich bin weg, außer jeder Einzelne kommt persönlich zu mir, um sich zu entschuldigen."

Sieben Tage später war der Frühschoppen wieder im Gange. Alle haben mich um Verzeihung gebeten. Außer einem Pärchen – das ist nicht wiederaufgetaucht. Besser so …

Kapitel 17

Ententanz für
die Schwalben

Als „DJ Astrid" stürmten auch alle auf mich ein. Das hatte aber einen anderen Grund – einen positiven. Zum Programm des „Club Schwalbe" gehörte der „Fünf-Uhr-Tee" am Dienstag-Nachmittag. Ich habe meine „Vöglein" von Hotel zu Hotel eingesammelt. Die Vogelschar wurde von Haus zu Haus größer. Minimum 50 gefiederte Freunde. Es folgte ein Marktbummel, dann die Einkehr ins Lokal von Uschi und Fritz, einem deutschen Ehepaar. Uschi verwöhnte uns mit Apfelkuchen. Die Location lag auf Straßenebene. Uns Schwalben stand der Keller zur Verfügung. Wir flogen runter in die Katakomben. Ein schönes Ambiente mit Rundbögen, einer Theke und Toiletten. Kühlschränke und ganz „heiß": ein Plattenspieler. „DJ Astrid" durfte auflegen. Ein Hit mutierte zum absoluten „Schwalben-Schlager": Es dauerte keine fünf Platten. Ein einziger Wunsch prasselte immer und immer wieder auf mich ein: „Astrid, bitte den Ententanz." Die „Pensionisten-Party" kippte – in den Jungbrunnen. Hilfe, die Gehstöcke flogen in die Ecke. Raus aus dem Rollstuhl. Rollator beiseite. Gebrechen und Schmerzen waren mit den ersten (Tanz)Schritten vergessen. Let's dance. Ente gut, alles gut.

Stichwort Ende. Das geplante Abschwingen um 18/18.30 Uhr endete mit einem Abbruch um 22 Uhr. „DJ Astrid" türmte: „Mein Mann hat Hunger. Ich muss nach Hause an den Herd." Die Schwalben kochten.

Kapitel 18

Kühe-Tabu bei der Tiersegnung

Der Heilige Antonius (auf Mallorquinisch Sant Antoni) erfüllt mehrere Funktionen: Schutzpatron von Tieren, insbesondere des Viehs, sowie von Palma, Muro und Sa Pobla. Am 17. Januar (Jänner) findet daher in der Hauptstadt und in den zwei Dörfern eine große Tierweihe statt. Naheliegend, dass meine Schwalben in Muro dabei sein mussten. Und natürlich viele andere Vierbeiner: Katzen, Hunde, Schafe, Ziegen, Pferde. Ich als Reiterin putze dann mein Ross und mich raus und trabe eifrig mit. Mitten unter Karossen und Kutschen, alle prächtig geschmückt und „aufgetakelt". Mensch und Tier aus der gesamten Umgebung sind auf den Beinen beziehungsweise auf den Pfoten. Naja, nicht alle. Kühe sind tabu. Sie werden nicht aus dem Stall gelassen oder von der Weide geholt. Dünnpfiff-Alarm. Die kacken die ganze Straße zu. So läuft der Umzug nicht. Da sind links und rechts alle Leute gesprenkelt. Pferdeäpfel sind erlaubt und keine Appetitverderber.

Kleinvieh macht natürlich ebenso Mist. Goldfisch-Gläser strahlen in der Sonne. Goldhamster verleihen der Parade ihren Glanz. Vogelkäfige mit Kanarien und Wellensittichen sorgen bei dem bunten Treiben für einen zusätzlichen Farbtupfer. Meerschweinchen quieken wohlig aus ihren Behausungen. Sogar Schlangen schlängeln mit. Der

Pfarrer wartet bereits auf seine „Schäfchen". Auf alles, was fleucht und bei ihm vorbeikeucht. Daneben steht sein „Gehilfe" mit einem Eimer Weihwasser in der einen und mit dem Klingelbeutel in der anderen Hand. Ein kleiner Obolus bitte für die Tier-Taufe und den „Schweins-Segen" des Allmächtigen. Vergelt's Gott. Amen.

Auch wenn Eigenlob stinkt, ich hatte echt immer einen guten „Riecher": Ich bin ein Verkaufsgenie.

ASTRIDS AUSFLUGSTRICK

Wenn Genie und Talent nicht
mehr ausreichen, dann musst
du halt zu anderen Mitteln greifen.

Kapitel 19

Dank Katzen standen
die Leute Schlange ...

Auch wenn Eigenlob stinkt, ich hatte echt immer einen guten „Riecher": Ich bin ein Verkaufsgenie. Ein wahres Talent. Nicht umsonst galt ich Jahrzehnte lang als beste Ausflugsverkäuferin der ganzen Insel. Ich gewann fast jeden Wettbewerb. Haushoch. Monat für Monat. Jedes Mal ist es mir gelungen, die Verkaufszahlen hinaufzuschrauben. Allerdings: Wenn Genie und Talent nicht mehr ausreichen, dann musst du halt zu anderen Mitteln greifen. Da habe ich die Katzen aus dem Sack gelassen ...

Not macht bekanntlich erfinderisch. In meiner Anfangssaison in Dubrovnik stagnierten die Touristen-Touren ein wenig. Sie mussten erst wieder auf Touren gebracht werden, die verehrten Gäste. Ergo beschäftige ich mein Ego: Was tun, um die Ausflüge besser zu vermarkten und zu verkaufen? Der Zufall führte Regie ...

Ich logierte im Drei-Sterne-Hotel Grand Park, gleichzeitig meine Arbeitsstätte. Nach dem Job durfte ich mich in die dortige Dependance zurückziehen und nächtigen. Oder vor dem Schlafengehen allabendlich noch den Hotelgarten genießen. Und dort streunten eine Menge „wilder" Katzen herum. Als ich eines Tages wieder von besseren

Verkaufszahlen träumte, „miaute" es plötzlich ziemlich ungewöhnlich. Ich begab mich auf die Suche und folgte dem Geräuschpegel, der immer lauter ausschlug. Im Epizentrum bebte es. Selbst Samtpfoten sind in der Lage, Lärm zu verursachen. Das beharrliche Stöbern hat sich gelohnt. Ich entdeckte einen ganzen Wurf süßer „Katzen-Babys". Für mich der große Wurf. Meine tierische Idee: Ich borgte mir die kleinen Kuschelmonster aus. Ganz vorsichtig habe ich die „Wollknäuel" in meine Jacke gehüllt und auf meinen Schreibtisch gelegt: (K)ein haariges Verkaufsargument. (K)ein Katzengejammer. Miau!!! Der „Katzen-Köder" traf voll ins Schwarze: Mein Zielpublikum stand plötzlich Schlange …

Kapitel 20

Knoblauch gegen Überbuchungen!

... oder Straflager in Sibirien beim sogenannten „Umbuchungsdienst" am Sonntag

Nicht immer standen die Leute Schlange. In den 60er/70er-Jahren wurde die Region „Putzfraueninsel" genannt. Die Hochherrschaften sind nicht auf Mallorca geflogen. Zu wenig nobel, zu wenig fein. Für ihr Personal war es allerdings ein beliebter Treffpunkt. Gut genug. Es war ja nicht so teuer. Im Laufe der Zeit wurde die Insel immer interessanter.

2.8.1982. Dieses Datum wird mir ewig in Erinnerung bleiben. Wir hatten tatsächlich das Problem, dass unwahrscheinlich viele Gäste keinen Platz fanden. Das Aufkommen war riesig. Wie wenn es gestern gewesen wäre: Fünf Flugzeuge aus Deutschland kommend, hätten hier landen sollen. Aber sie sind einfach weitergeschickt worden. Auf Ibiza, nach Menorca und Gran Canaria. Eine Umverteilung via Bordmikrofon. Kaum zu glauben, die Passagiere sind noch in der Luft per Durchsage des Kapitäns informiert worden: „Meine Damen und Herren, wir überfliegen gerade ihr Urlaubsgebiet Mallorca. Wir werden voraussichtlich in zwei Stunden auf Gran Canaria landen." Na, da war was los im Flieger. Echt, Tatsache! Ich hatte damals am Flughafen – einmal in der Woche am

Sonntag – den sogenannten „Umbuchungsdienst". Das ist so wie Straflager in Sibirien. „Welches Hotel haben Sie gebucht?" – „Ah dieses. Naja, das ist eh nicht mehr frei!" – „Bitte wenden Sie sich an den Schalter!" Ich war der Schalter. Die Leute kamen zu mir.

Ich musste reagieren. Als „Sofortmaßnahme" habe ich am Samstagabend immer Knoblauch gegessen – bis zum Abwinken. Das Resultat war umwerfend. Am Sonntag habe ich so gestunken, dass die Leute freiwillig weggegangen sind. Da waren ungefähr 1.000 Menschen betroffen. Ich saß an der Front. Im Hintergrund ein kleines, verdecktes Bürochen, wo Mitarbeiter damit beschäftigt waren, telefonisch ein freies Quartier zu suchen. An diesem besagten Tag haben wir drei Riesenflugzeuge gekriegt. Alles airbusmäßig! Alle kamen gleichzeitig mit ihrem Gepäck rausgeströmt. Über „Walkies" sind dann ab und zu Meldungen eingetrudelt: „Ja, ein Doppelzimmer da und dort gefunden!" Ich konnte die Gästetraube vor meiner Nase nicht gebrauchen. Wenn einer anfängt zu plärren, dann schreien sie alle. Was folgt, ist ein Aufstand. Das geht gar nicht!

Ich hatte einen guten Freund bei der Policía Nacional – leider Gottes ist er schon verstorben –, damals noch in dunkelbraunen Uniformen. Auch er musste am legendären 2.8.1982 seinen (Straf)Dienst versehen. Die Polizei war dafür zuständig, das Gepäck zu kontrollieren. Da bin ich zu ihm hin und hab gesagt: „Cristóbal, du musst mir helfen. Ich kann nur häppchenweise ein paar Gäste gebrauchen." – „Das ist doch kein Problem", erwidert er. „Große Kontrolle!" Dann hat er noch ein paar Kumpels geholt. Dann haben sie alle ihre weißen Handschuhe angezogen. Weiße Handschuhe bedeuten auf der ganzen Welt: Achtung, Kontrolle! Dann ging es los, vom Handgepäck bis zum Schminkköfferchen. Ich habe ihm immer gedeutet, wie viel Gäste ich grad gebrauchen kann. So viele hat er dann weiter gewinkt: „Die Nächsten, bitte ..."

Die drei Maschinen sind statt in einer in drei Stunden abgefertigt worden. Aber es war die einzige Möglichkeit und Rettung für uns, ein Zimmer zu suchen und zu finden und die Leute auf der Insel zu verteilen. Ein Hotel, ganz am Ende von El Arenal, hatte den Ruf als absolute Absteige. Dort passte gar nichts. Wir haben einen Bus voll dort hingebracht. Logisch, die hatten noch Platz. Der Besitzer hat gemeint, kein Problem, du kannst mir noch mehr schicken. Und schon machte sich der zweite Bus auf den Weg. Für mich war es wichtig, dass die Gäste erst mal vom Flughafen weg waren. Das Problem schien sich nach und nach zu lösen. Bis es zum Eklat kam. Plötzlich hat einer der Gäste den Busschlüssel in der Hand und schreit: „Wir rufen jetzt Neckermann an, fahren zurück zum Flughafen, weil in diesem Hotel checken wir nicht ein." Der Rädelsführer ist gleich in den zweiten Bus gestiegen und hat weitere Kommandos gegeben: „Sitzenbleiben, erst gar nicht aussteigen. Hier bleiben wir nicht!" Der arme Busfahrer war ein Nervenbündel, ist dann tatsächlich zum Flughafen retour. Auch der zweite Bus folgte wenig später. Und schon waren wieder hundert Leute vor meiner Nase. Die Suche ging von neuem los. Ein schwarzer Sonntag ...

Damals war die Buchungslage ganz anders als heute. Kein online, kein Internet, kaum ein Computer. Die haben einfach unsere Listen bekommen mit allen Reservierungen, Namen und Zimmertyp. Die Informationen wurden handschriftlich in dem Reservierungsbuch mit Bleistift von der Rezeption eingetragen.

Jeder Hotelier handelte gleich: Wenn er zum Beispiel 100 Zimmer zur Verfügung hatte, dann gingen an NECKERMANN 80. Von den 20 restlichen gab er 25 an TUI und 30 an ALLTOURS. Alles klar? Ganz nach dem Motto: Lieber überbuchen als leer stehen. Der Gast, der als Erster dastand, hat das Zimmer bekommen. Es gab ja immer wieder Gründe, warum Gäste nicht gekommen sind. Krankheit, Unfall, Tod. Das nennen wir „No show!" – „Nicht angekommen!" Jeder Flieger wurde überbucht. Fünf Leute sind ausgefallen, warum auch immer: Pech, sie kriegen keinen Cent zurück. Die fünf nächsten rutschen nach. Ein gutes Geschäft. Statt zum Beispiel 100 Plätze, 105 verkauft. So denken die Hoteliers auch. So wurden statt 100 Betten eben 300 verscherbelt. Jenen Leuten, die auf Ibiza, in Menorca und Gran Canaria gelandet sind, wurde von cleveren Reiseleitern schmackhaft gemacht, dass es am 2. August dort eben sowieso schöner sei als auf Mallorca.

Natürlich haben die Leute alle eine Entschädigung bekommen. Die billigste und gemeinste Variante: Der Mietsafe im Zimmer völlig gratis! Was für ein Angebot: Statt um eine Mark am Tag, eine Woche lang „umsonst". Satte sieben Mark gespart. Dafür haben die Gäste schön artig eine Verzichtserklärung unterschrieben. Alles musste seine Ordnung haben. Wer mit der „Mietsafe-Variante" nicht abgefertigt werden wollte, erhielt als nächstes ein Mietauto. Die dritte Stufe:

Ein Gratisausflug! Nur in den seltensten Fällen gab es Geld retour.

Unvorstellbar: Die Leute sitzen im Flieger am Fenster, schauen auf die Insel und düsen vorbei.

Reiseleiter sind Servicemänner, die einen Urlaub angenehmer gestalten. Das ist die eine Seite. Zwei Komponenten kommen hinzu: Erstens, du bist verkaufstrainiert bis unter die Haarspitzen. Wenn ich im Juli behauptet hätte, morgen schneit es: Die meisten meiner Gäste hätten sich Haube und Handschuhe besorgt. Zweitens, du bist konfliktgeschult. Vollgaskonfliktgeschult. Eine wesentliche Säule in der Ausbildung ist sich zu entschuldigen, den Menschen in die Augen schauen, ihnen recht geben, Verständnis zeigen. Als Frischg'fangter kapierst du nicht, was das soll. Kurz nach Dienstantritt weißt du sofort, wozu das Ganze gut war.

Wichtig ist dabei die Körpersprache. Du siehst ja schon den Gast, wenn du am Schreibtisch sitzt, wenn er durch die Hotelhalle kommt. Ein kräftiger Schritt „schreitet" auf dich zu, dann weißt du schon: Mhhh, da könnte was Negatives drohen. Wenn der Gast auch noch seine Reisepapiere in der Hand hat: Obacht, die Kacke ist am Dampfen. Er knallt dir gleich alles auf den Tisch. Du musst dann dem Gast den Wind aus den Segeln nehmen. Wenn du zurückgelehnt am Sessel sitzt, relaxt, mit verschränkten Armen, dann hast du schlechte Karten. In dem Moment bläst er sich wie ein Ballon auf und du kriegst es doppelt und dreifach. Wenn du dich aber nach vorne beugst, gleich sagst „Nehmen Sie bitte Platz" und unschuldig fragst: „Was ist denn passiert?" – dann wendet sich das Blatt. Interesse zeigen, dann kommt er runter und dann kannst du mit ihm normal reden.

Ich habe das erlebt. Im „Bahia de Alcudia". Ein Super-Hotel. Richtung Hafen. Die waren früher nur „überbraten". Nicht 100, sondern gleich 200, 300, 400 Prozent! Es gab auch in der ganzen Umgebung weit und breit kein einziges Privatappartement mehr, das nicht von denen angemietet war als Ersatz, um Gäste unterzubringen. Die Reisenden kamen im Hotel an, stellten ihr Gepäck bei der Rezeption ab, legten ihre Papiere hin. Schon kam ein Taxifahrer, schnappte sich die Koffer und rannte damit wieder raus. Die Leute liefen nach. Die Rezeption rief hinterher: „Das ist schon in Ordnung. Sie kriegen ein anderes Hotel." Und weg war der Taxifahrer. Bei der Begrüßung wurde am nächsten Morgen das „Retourtaxi" bezahlt für das ursprünglich gebuchte Hotel. Alles wieder zurück: „Ich weiß, was passiert ist, wir regeln das gleich." Dann kam der erneute Empfang, diesmal mit meinem Lieblingspapagei auf der Schulter. Der hat Erdnüsse gefressen. Das fanden die Gäste toll. Da waren sie schon mal abgelenkt. Danach ein Gläschen Sekt. Dann einzeln ins Reiseleiterzimmer. Am Schluss habe ich fast alle Gäste in Richtung Son Amar gedrängt. Die teuersten Ausflüge waren entweder die Inselrundfahrt oder das Abendprogramm Son Amar, das ich immer selbst begleitet habe. Es gab schon vorab gedruckte Zettelchen, wo draufstand: Gebuchte Leistung, erhaltene Leistung. Keine Regressansprüche, Unterschrift. Von all den Umbuchungsgeschichten blieben am Ende glaube ich ganze drei Reklamationen übrig. Schriftlich von daheim. Kein einziger Kunde von mir.

Deswegen brauchten meine Gäste auch nicht die „Frankfurter-Liste" (Anmerkung: Eine Tabelle zur Abschätzung der Höhe von Gewährleistungsansprüchen). Die kannst du aufs Klo hängen. Was da draufsteht, ist so hirnrissig. Du kannst doch nicht pauschalisieren. Die Leute rechnen zusammen: Ja gut, dies und das, und dann kommt unterm Strich heraus: Hurra, 75 Prozent vom Reisepreis krieg ich zurück. Im Endeffekt gibt's 15 Prozent retour. Augenauswischerei meines Erachtens. Oft hat mein oberster Chef gesagt: „Frau Schelfhout, machen Sie in der Hosentasche eine Faust und sind Sie lieb zu unseren Gästen." – „Herr Oberkirch, ob ich eine Faust mache oder zwei, aber wenn ich einen absoluten Trottel vor meiner Nase stehen habe, der auch noch meint, dass er beleidigend werden muss, dann kriegt er ein bisschen Erziehung von mir. Das kann mir keiner verwehren!" Dann hat mich der Boss angesehen und gesagt: „Recht haben Sie schon, aber ich darf's nicht sagen."

Ein Gast kam ins Büro herein, hat herumgebrüllt und sich beschwert. Über Dinge, die mit uns gar nix zu tun hatten. Ich habe ihn angesehen, bin ganz langsam aufgestanden. Dann hat er mich angesehen und gesagt: „Nicht schlagen!" Ich sag: „Sind Sie blöd? Ich werde Sie nicht schlagen, ich mache mir meine Finger an Ihnen nicht dreckig. Ich wollte damit nur demonstrieren, dass da der Zimmermann ein Loch gelassen hat, das nennt sich Türe."

Anderes Beispiel: Tumult an der Rezeption. Ein Glatzkopf schreit und tobt herum. Auf Deutsch beflegelt er die Rezeptionistin. Das kann ich schon gar nicht leiden, wenn die Rezeptionistin Spanisch spricht und eben Deutsch nicht so gut versteht. Seine Frau mischt sich ein und es stellt sich heraus, dass der Koffer ihres Mannes nicht eingetroffen ist. Was kann die Rezeptionistin dafür? Es entwickelt sich folgender Dialog: „Mein Mann hat den Koffer persönlich in den Bus eingeladen." – „Ja war denn das auch der richtige Bus? Normalerweise lädt das Gepäck der Busfahrer ein und nicht der Gast!" – „Sicher der richtige Bus, natürlich!" – „Wie sieht denn der Koffer aus?" Anruf am Flughafen bei Kollegen Gregor: „Astrid, meinst du diesen roten Koffer mit dem Band drum, der dreht hier am Laufband immer noch seine Runden?" So, erledigt. Ich wende mich an den „Kahlköpfigen" und rede Tacheles: „Die Rezeptionistin bekommt jetzt aber eine ganz große Entschuldigung und eine Schachtel Schokolade." Der war so klein mit Hut!

Ich bin in erster Instanz da, um den Leuten zu helfen. Das Spektrum meiner Arbeit ist vielfältig. Ein einziger Reiseleiter betreut in einer Saison Gäste aus einer kleinen bis mittleren Stadt. Den ganzen Sommer über kümmere ich mich um mindestens 10.000 Personen. Da bin ich oft genug auch Seelenpater. Wenn Leute zum Beispiel sterben. Ein Gast kommt ganz aufgeregt angerannt. „Astrid! Astrid komm schnell. Im Café Paris. Da ist eine Frau, die ist ganz krank. Der Doktor ist schon da." Ich raus aus dem Büro. Laden zu. Über die Straße. Mann und Frau saßen nebeneinander. Der Mann hat die Frau im Arm und streichelt ihre Wangen. Ich schaue den Doktor an, er deutet. Die Frau ist tot! Ich hab's gesehen, der Mann hat's nicht gesehen oder wollte es nicht wahrhaben. Der

Doktor war zu feige, es dem Mann zu sagen. Ich bin an die Bar gegangen und habe erstmal einen doppelten Cognac bestellt. Der Leichenwagen war schon unterwegs. Ich habe den Mann weggeholt, an die Bar. Runter mit dem Cognac. Dann habe ich ihm schonend beigebracht, dass seine Frau gerade eingeschlafen und im Himmel ist. Auch das gehört zum Job dazu. Er ist beileibe nicht immer lustig.

Kapitel 21

Badewanne als Bett
und Leben im Kloster

Zurück zu den Überbuchungen. Da hörte sich der Spaß ebenfalls auf. Ich wundere mich heute noch, wo unsere Gäste überall gelandet sind. Damit meine ich nicht die diversen Flughäfen, wo sich der eine oder andere tatsächlich „verflogen" hat. Ich spreche von den diversen Quartieren beziehungsweise von den unterschiedlichsten Betten. Sie träumten von einer Luxusherberge, in der harten Realität übernachteten sie im unbequemen Feldbett. Der Status ausgebucht, respektive überbucht, zog natürlich gewisse Konsequenzen und außergewöhnliche, ja drastische Maßnahmen nach sich. Beim nicht mehr zu bewältigenden Touristenansturm auf Mallorca war in der Branche eben Erfindergeist gefragt. Wir verschafften unseren Urlaubern zum Beispiel ein Leben im Kloster. Vom Strand weg erfolgte der Touristen-Transfer mit dem Bus ins Gebirge. Ins Kloster LLUC. Traumhafte Lage und Aussicht. Dazu gesunde Höhenluft. Dem Himmel ein Stück näher. Zugegeben, nicht annähernd die bestellte Kategorie direkt am Meer. Eher schlicht und einfach, dafür originell und spirituell. Für das Klosterleben mussten natürlich gewisse Opfer gebracht werden: Männlein und Weiblein strikt getrennt. Da kannten die Ordensbrüder kein Pardon. Kein Einsehen oder Nachsehen. Die Herren links im Gästezimmer, die Damen rechts. Für Pärchen nicht gerade optimal.

Es gab aber auch andere Varianten. Schlimmere. Wem das Glück zur Seite stand, in der Praxis wirklich ein Hotelzimmer zu ergattern, konnte theoretisch sofort vom Pech eingeholt werden: Nicht selten bekamen Paare eine dritte Person ins Doppelzimmer dazu gelegt. Einfach so. Stinknormal, auch wenn es nach Abzocke roch. Eben per Feldbett. Oder per Matratze. Oder wenn dabei der „Atem" ausging, per Luftmatratze. Liegefläche bleibt Liegefläche. Es gibt immer Mittel und Wege. Letzter Ausweg: Zur Not diente die Badewanne als Bett. Sie glauben, es gibt keine Steigerung mehr? Falsch gelegen. Die Kreativität kannte keine Grenzen. Jede „Ablage" musste herhalten. Das absolut Unglaublichste lieferte das Hotel „Gran Playa" unten an der Hauptstraße. Der Oberhammer! Damals stinknormale drei Sterne, heute im Vier-Sterne-Status. Die waren so „überbraten", dass die Küche zum Großraum-Schlafzimmer umfunktioniert wurde. Alles zu seiner Zeit. Zuerst wurde gekocht, dann blitzblank geputzt und ab 22 Uhr geschlafen. Rein mit den besagten Feldbetten. Am, besser gesagt, neben dem Herd ist immer ein Plätzchen frei. Damit nicht genug: Okay, her mit den Liegestühlen. Eine coole Schlafoption mit dem Kühlschrank als Nachbar. Das kalte Erwachen: Um sechs Uhr morgens hat es sich „ausgelegen". Ende der Nachtruhe. Die Gäste wurden „brutal" geweckt und „sanft" aus der Küche geschmissen. Bitte gefälligst beim Frühstück weiterschnarchen. Die Leute haben das tatsächlich alles „geschluckt" und mitgemacht. Ohne mit der „übernächtigten" Wimper zu Zucken. Ohne Murren. Ein Gratis-Ausflug brachte die eh nicht tobende Touristenherde zum Schweigen. Ich trau mich gar nicht mehr darüber reden …

Kapitel 22

Ab ins Glück mit „Fortuna-Reisen"

Mallorca. Okay. Eventuell Palma. Okay. Das wussten die Urlauber gerade halbwegs. Diese Namen konnten sie nennen. Viel mehr aber schon nicht mehr. So stellte sich nicht selten die Gretchenfrage: Wie heißt Ihr Hotel? Da gerieten die meisten Gäste ins Stottern. Zugegeben, nicht immer leicht. Zum Beispiel mit „Los Chihuahuas". Das hieß dann ausgesprochen „Uwahuwa". Die Zuteilung gestaltete sich für die Reiseleiter nicht immer einfach.

Bis Folgendes in Mode kam: Geld sparen war angesagt. Reisen ja, aber die Urlaubskasse schonen. Ein neuer Spartrend überflutete plötzlich den Markt: „Fortuna-Reisen" wurde geboren. Das funktionierte so: Touristen haben entweder überhaupt nur die Insel gebucht. Oder maximal eine bestimmte Küste, wo sie unbedingt hinwollten. Die Unterkunft blieb bis zuletzt ein Fragezeichen. Ein Roulette, vom Super-Hotel bis zur Absteige. Alles ist möglich. Der Deal: Zehn bis 25 Prozent Ersparnis. Der Haken an der Sache: Wo der Gast untergebracht wurde – im Fünf-Sterne-Bettchen oder auf der Absteige-Matratze –, hing von der jeweiligen Kapazität im Hotel ab.

Der Herr Neckermann hat so gesehen eigentlich Tinder erfunden. In der Praxis spielte es sich nämlich so ab: Du hast als Alleinreisender ein Doppelzimmer bekommen. Genauer gesagt ein „halbes" Doppelzimmer. Dann haben sie dir einen Wildfremden dazugelegt. Eine Verkaufsmasche für Singles. Pensionist schlief mit Teenager. 82-Jähriger mit 20-Jähriger. Glück und Pech. Abenteuer pur. Machen Sie Ihr Spiel. Rien ne va plus. Geben Sie sich die Kugel. Das Roulette bescherte die unglaublichsten „Nummern" ...

Einmal, in Hopfgarten in Tirol, da hatte ich auch „zwei halbe Doppelzimmer" – männlich und weiblich. Diese Betten sind halt übriggeblieben. Über Weihnachten war es sehr schwierig. Ich sage zur Dame: „Sieh dir halt den Mann mal an, der kommt noch." Ich sage zum Herrn: „Es ist die Rothaarige dort drüben." Er: „Ja, passt schon." Ich: „Hier ist der Schlüssel, werdet glücklich miteinander." Die haben es tatsächlich eine Woche zusammen ausgehalten. Ab ins Glück mit „Fortuna-Reisen". Eine „süß-saure" Mischung mit vielen Zutaten: eine große Portion Ersparnis. Ein Schuss Nervenkitzel. Eine Prise „Liebessalz" zum Verkuppeln ...

*Ein Bus nach dem anderen steht
für den Transfer bereit. Menschen
schwirren umher. Hektik wie in
einem Bienenschwarm.*

WAS BEIM VERKEHR SO ALLES SCHIEFLÄUFT

Auf Abwegen mit Bussen, Flugzeugen, Taxis & Autos

„Ihre Hotelreservierung, bitte."
Halt. Irrtum. „Entschuldigung,
hier sind sie völlig falsch."

Kapitel 23

Richtig dumm „gefahren": Zweimal im falschen Bus

Vater, Mutter und zwei Kinder. Ankunft am Flughafen. Die Familie hat ein Hotel an der Nordküste gebucht. Ein Bus nach dem anderen steht für den Transfer bereit. Menschen schwirren umher. Hektik wie in einem Bienenschwarm. Husch, husch. Kinder: Rein mit euch. Papa kümmert sich um die Koffer. Rasch einsteigen, Tür zu, Abfahrt. Schnell ans Meer. Ab in den Urlaub. Das letzte Teilstück.

Der Bus bringt die Familie nach Peguera in den Südwesten der Insel. Die Reiseleiterin nimmt das Quartett freudig in Empfang. „Ihre Hotelreservierung, bitte." Halt. Irrtum. „Entschuldigung, hier sind sie völlig falsch." Die Reiseleiterin macht nur ihren Job. „Sorry, Sie müssen retour zum Flughafen. Bitte bei unseren Leuten am Schalter melden. Dann sitzen Sie im richtigen Bus." Guter Plan. Doch der Herr Papa hält sich nicht daran. Flughafen ja, Schalter nein. Sein Irrglaube: „Ich finde den Bus schon alleine."

Husch, husch. Kinder: Rein mit euch. Papa kümmert sich um die Koffer. Rasch einsteigen, Tür zu, Abfahrt. Schnell ans Meer. Ab in den Urlaub. Zum zweiten Mal das letzte Teilstück. Nächster Halt: Cala Millor im Osten. Und ewig grüßt das Murmeltier. Die Reiseleiterin nimmt die Familie freudig in Empfang. „Ihre Hotelreservierung, bitte." Halt. Irrtum. „Entschuldigung, hier sind sie völlig falsch." Die Reiseleiterin macht nur ihren Job. „Sorry, Sie müssen retour zum Flughafen. Bitte bei unseren Leuten am Schalter melden. Dann sitzen Sie im richtigen Bus." Wer nicht hören will, muss fahren. Dritter Versuch. Aller guten Dinge sind drei. Die arme Familie ist um acht Uhr morgens gelandet. Um drei „ER-Fahrungen" reicher, nimmt die Odyssee 14 Stunden später ihr glückliches Ende. 22 Uhr: Hurra, wir sind da! Die Moral von dumm „gefahren". Vatis Vorsatz: Beim „Hotel-Roulette" immer auf den richtigen Bus setzen ...

Selbst wenn die Wahl des Gefährtes die richtige ist, kann der Gefährte – oder in diesem Fall die Gefährtin – schon mal verlorengehen. Mitten in der Nacht. Abreise vom Hotel Boccaccio. Transfer zum Flughafen. Der Mann kümmert sich ums Gepäck. Die Frau sucht – hinter seinem Rücken – die Toilette auf. Der Gute blickt immer nach vorne und vermisst seine bessere Hälfte erst gar nicht. Klo statt Bus. Scheiße! Das ging in die Hose. Abfahrt ...

Erst bei der Ankunft fällt dem Göttergatten der Verlust seiner Gattin auf. Er gibt bei mir die „Abgängigkeitsanzeige" auf. „Haben Sie das nicht früher bemerkt?", will ich von ihm wissen. – „Nein, wieso denn? Ich dachte, sie sitzt hinten." Ja, gesessen ist sie, aber nicht dort, wo sie hingehört hätte. Der „Hinterwäldler" glotzt mich an, wie wenn er allein im Wald steht. Ich muss jetzt die „Ausreißerin" quasi wieder vom „Baum" holen und einfangen. Ein Anruf bei Gerhard, dem Nachtwächter, lichtet die Angelegenheit. Er hat sich die Ehefrau „geangelt" und nicht mehr vom Haken gelassen. Wenn Sie beim nächsten Transfer auf den WC-Gang verzichtet, könnte es sich pünktlich zum Abflug in die Heimat ausgehen. Die Rückholkette funktioniert zu 99 Prozent. Mein Tipp nicht nur fürs Urlauberleben: Werfen Sie lieber rechtzeitig ein Auge auf ihre Ehefrau, bevor sie verschwindet. Sie sehen ja, wohin es führt …

PS: Im Notfall hilft das „blinde Vertrauen" in die Reiseleitung …

Kapitel 24

Der Bus nach Barcelona, mit Wasser dazwischen

Zwei „lustige" Freundinnen erscheinen bei mir im Büro mit einer ernsten Frage: „Wo fährt denn der Bus nach Barcelona ab?" – „Nirgendwo, es gibt keinen." Daraufhin bricht bei dem Duo die heile Urlaubswelt zusammen. „Was ist das für eine Scheißinfrastruktur hier. Wir wollten letztes Jahr schon nach Barcelona. Heuer klappt es wieder nicht."

Ich komme aus dem Staunen nicht heraus und versuche, die beiden aufzuklären: „Ganz einfach. Barcelona liegt am Festland. Sie sind hier auf Mallorca." – „Ja und?", kommt es von den Ungläubigen retour. – „Nix, na und. Sie können nach Barcelona mit dem Flugzeug oder per Schiff. Wir sind auf einer Insel. Da ist Wasser dazwischen." Verwirrte, gegenseitige Blicke. „Meinst du, wir waren letztes Jahr auch auf einer Insel, weil wir nicht nach Barcelona konnten?" Ich frage nach: „Wo waren Sie denn im letzten Jahr?" – „Auf Ibiza!" Reif, für die Insel ...

Kapitel 25

Richtiger Flug,
falscher Tag ...

Es trug sich zu von Samstag auf Sonntag. Ich bin schon müde nach einer Nacht voller Arbeit. Mein Job ist es, die Busse in Empfang zu nehmen und die heimfliegenden Gäste bereit für den Abflug zu machen. Rein in den Bus, her mit dem Mikro. Ich gebe die verschiedenen Nummern der Schalter für die Gepäckabgabe bekannt. Ich erkläre die weiteren Schritte. Wo geht's zum Zoll und so weiter. Raus aus dem Bus, der nächste bitte.

Auf einmal läuft mir eine deutsche Familie über den Weg. Der Mann „fuchtelt" mit den Tickets herum: „Unser Flug steht nicht auf dem Flugplan", beschwert er sich. – „Wo wollen Sie denn hin?" – „Nach Nürnberg." Okay, ich sehe mir die Flugpläne durch. In der Tat – den ganzen Vormittag finde ich keinen Flug Richtung Nürnberg. Der nächste geht erst wieder am Abend. „Zeigen Sie mir mal Ihre Tickets", bitte ich den guten Mann. Ich werfe einen Blick darauf, der mir sofort die Augen öffnet: Heute ist Sonntag. „Fahren Sie mal wieder in aller Ruhe ins Hotel." Die Familie kann mit meiner Antwort sichtlich nichts anfangen. „Warum?" Ich bringe es zu Ende: „Ganz einfach, sie haben ihre Tickets für Montag gebucht." Schwer zu verstehen, aber einleuchtend. Jetzt dämmert es dem Mann: „Aha, deshalb hat uns kein Transferbus abgeholt. Wir sind nämlich bei der Konkurrenz eingestiegen." Verkehrte Abfahrt: Richtiger Flug, falscher Tag ...

Es funktioniert aber auch umgekehrt: Vier Personen, die ihren Flieger nach Amsterdam nicht und nicht entdecken können. Ich muss schmunzeln und gratuliere: „Herzlichen Glückwunsch. Sie hätten gestern fliegen sollen." Für mich als Profi schwer nachvollziehbar. Da hat es sich das Hotel etwas zu leichtgemacht. Die Leute waren einen Tag länger im Zimmer und es ist keinem aufgefallen. Hallo?!? Aufwachen! Geschlafen hat auch das Personal im Speisesaal. Ein Extra-Frühstück gratis. Und ein zusätzliches Abendessen umsonst. Wie immer habe ich die Suppe ausgelöffelt. Damals ging es noch per einfacher Umbuchung. Ohne Zusatzzahlung. Heute ist es weit schwieriger: Alles neu checken und frisch blechen. Merke: Abflug versäumt, die Geldbörse schäumt – ein teures Versehen.

Kapitel 26

Bei An- & Abflug
einen „Flieger"

Wieder einmal am Flughafen. Ich stehe noch draußen.
Vom Gehsteig aus beobachte ich die Ankunft eines Taxis. Der Taxifahrer steigt aus und macht links hinten
die Türe auf. Der Lenker „rollt" vorsichtig einen jungen
Mann heraus. Wie bei einer Polizeikontrolle stellt der
Taxifahrer den Burschen breitbeinig hin. Dazu die Hände aufs Autodach.

Seitenwechsel. Der Taxifahrer öffnet die hintere Türe
rechts. Er zieht einen älteren Mann vom Rücksitz hoch.
Es ist der Vater des jungen Mannes. Mit ihm wiederholt
sich das Prozedere. Füße auseinander. Arme ausstre-
cken. Bitte nicht umfallen. Beide sind sturzbetrunken.
Ich denke mir: „Das kann nur El Arenal sein." Der Taxifahrer bestätigt die Herkunft der „besoffenen Fuhre"
und jammert: „Die haben kein Geld mehr und können
die Rechnung nicht bezahlen." Armer Fahrer. Reich an
Promille, aber nicht flüssig. Dafür habe ich null Prozent
Verständnis. Ich schreite ein: „Das haben wir gleich.
Ich rufe die Polizei." Die Guardia Civil kommt. Die zwei
mit dem „Flieger" sind kaum ansprechbar. Sie „trudeln"
(wackeln) dermaßen hin und her. Gerade, dass sie nicht
am Boden „landen". Ich schlage vor: „Gehen wir alle mal
zum Schalter, dann sehen wir weiter." Der Taxilenker
schäumt. Wegen seiner „blauen" Insassen wird er rot
vor Zorn. „Zeit ist Geld. Ich muss weiterfahren." – „Gib
Ruhe", beruhige ich ihn. „Ich werde schon dafür sorgen,
dass du bezahlt wirst."

Die Polizisten schleifen die Betrunkenen zu meinem Schalter. „Macht eure Taschen leer. Sofort umdrehen, irgendetwas müsst ihr ja noch im Sack haben", fordere ich die „Zechpreller" harsch und barsch auf. Fehlanzeige. Sie weigern sich standhaft. Zwar ohne Stehvermögen, aber doch steif und fest mit Beharrlichkeit. Genug der leeren Worte. Das Maß ist voll: „Her mit den Handschellen", wende ich mich an einen der beiden Gesetzeshüter. „Hütet euch", fauche ich die Trunkenbolde an. „Ab jetzt wird es teuer. Ihr habt die Wahl: Rückreise nach Deutschland oder Abflug in den Knast!" Das hat gesessen. Klare Worte, klarer Kopf. Papa beginnt plötzlich in den Hosentaschen zu kramen. Bingo. Zahltag. Nüchtern betrachtet war das Taxi dann doch nicht so billig: Fahrtspesen, Wartezeit und „Trink-Geld", im doppelten Sinn.

Hochprozentiges wurde nicht selten schon aus der Gegenrichtung eingeflogen. Als damals in Palma die Urlauber aus Deutschland landeten, stiegen reihenweise „Alkoholwolken" aus. Ganze Maschinen hatten einen „Flieger". In luftiger Höhe entwickelte sich das „Vorglühen" zum heißen Ritual. Die Ankunft endete für viele mit einer „Bruchlandung". Die Schnapsdrosseln und Bierleichen fielen rasch aus allen Wolken: Nicht reif für die Insel. Einreiseverbot. Postwendend mit dem Rückflugticket retour. Adiós. Hasta otra. Hasta la vista!

Kapitel 27

Fliegende Holländer
mit dem Fahrzeug ...

Ein Abstecher nach Österreich. Mein Mann Hans stammte ja aus Salzburg. Auch dort habe ich gearbeitet. In der Flachau. Und in Tirol. Im Ötztal beziehungsweise Wildschönau. In der Wintersaison. Österreich und die kalte Jahreszeit, das bedeutete damals noch Schnee, Schnee, Schnee. In Hülle und Fülle. Meterhoch. Schneeketten standen an der Tagesordnung. Ich hatte also in der Wildschönau ein Ehepaar aus Holland zu Gast. Sie waren mit dem eigenen Auto unterwegs. Flachländer im Gebirge. Eine fürchterliche Kombination, beziehungsweise eine Kombination zum Fürchten. Noch dazu sind die „Tulpis" von Natur aus nicht die allerbesten Autofahrer. Niederländer am Steuer – ungeheuer. Da wird einem ganz angst und bange. Kein Wunder, dass diese Story quer durch alle österreichischen Zeitungen ging.

Wie gesagt, Ketten waren notwendig. Der Mann legt vor. Also vors Auto. Frau sitzt am Steuer. Er lenkt sie – also geistig – mit Anweisungen. Geradeaus. Gas geben. Doch sie schafft es nicht – auf Kommando –, die Reifen in die Ketten einzufädeln. Alle Zurufe helfen nicht. Plan B tritt in Kraft. Der Mann schiebt. Das Fahrzeug. „Nicht mit mir", sagt die Frau. „Da mach ich nicht mit. Ich setze mich nicht ins Auto, während du schiebst." Also schieben beide mit vereinten Kräften. Der Mann versucht zusätzlich noch, das Lenkrad zu bedienen. Alles drehen und wenden hilft nicht. Die Aktion geht schief. Die Ketten bleiben am Boden liegen. Dafür hebt der Wagen ab. Er „segelt". Über eine Böschung. 400 Meter in die Tiefe. Die „fliegenden Holländer" hatten einen Schutzengel. Totalschaden, aber „Leib und Leben" behalten.

Kapitel 28

Wie Astrid den Busfahrer-Streik „ausbremste"

In meiner Dienstzeit auf Mallorca habe ich drei Busfahrer-Streiks miterlebt. Zwei davon endeten nach 24 Stunden. 2001, mitten im Sommer, stand alles drei Tage lang still: Freitag, Samstag, Sonntag. Für die Chauffeure ein traumhafter Streikzeitpunkt. Am Wochenende betraf es die meisten Leute. Am Flughafen landeten die Maschinen im Minutentakt. Während die Lenker auf die Bremse stiegen, bedeutete es für uns Reiseleiter drei Tage Vollgas. Tag und Nacht. Ohne Schlaf. Irgendwie mussten die Gäste ja ins Hotel. Oder umgekehrt Richtung Airport. Astrids Ausweg? Ich ließ kein Taxi an mir vorbeiziehen. Ich warf mich jedem vor die Motorhaube. Ob besetzt oder nicht. Mir gehörte die nächste Fuhre. Da wurde ich zur Furie. Ein Wagen, voll mit Engländern. Geschlichtet wie die Sardinen. Ich quetsche mich hinten in die Dose dazu. „Wohin fährst du? Egal, ich komme mit. Du lädst die Leute aus. Dann drehst du um. Ich brauche dich dringend. Sicherheitshalber bleib ich gleich sitzen." Der Taxilenker blickt mich via Rückspiegel verdutzt an. Ich sehe, wie er den Kopf schüttelt. Aber er schmeißt den ersten Gang rein und tut, was ich ihm sage. Sogar auf „Taxi-Jagd" bin ich gegangen. An Kreuzungen und im Kreisverkehr habe ich mich auf die Lauer gelegt. Gewartet. Immer am Drücker. Anvisiert: Und dann die „Kutsche" für unsere „Urlaubs-Zwecke" treffsicher aus dem Verkehr gezogen.

Mein Einsatzort war das Hotel Ciudad Blanca in Alcudia. Ab sofort unsere Schaltzentrale. Das neue Hauptquartier. Die Sammelstelle. Alle Reiseleiter schickten mir die Urlauber aus den umliegenden Hotels zur weiteren „Verschiffung". Meine „Taxi-Entführungen" reichten allerdings nicht aus. Bei weitem nicht. Viele Gäste verpassten ihre Heimflüge. Obwohl selbst Hoteldirektoren, Animateure, Barkeeper und Putzfrauen, alles verfügbare Personal, mit ihren Privatkarossen den Chauffeur spielten. Überdies wurden sämtliche Mietautos „geleast". Es langte nicht. Am zweiten Tag war der Karren komplett verfahren. Das Chaos noch chaotischer. Ich musste wieder eine Horde von Urlaubern abfertigen. Alles, was Räder hatte, war mir recht. Vor meinen Augen tat sich ein neues Gefährt auf. Ich sah den Linienbus an der Haltestelle stehen. Mein erster Gedanke: Bus ist Bus! Ob Linie oder Transfer, beide fahren nach Palma. Also schieße ich raus, um den geraden Linienbusfahrer auf meine abwegige Spur zu bringen. „Kannst du unsere Gäste nach Palma mitnehmen, damit sie am Busbahnhof zum Flughafen umsteigen können?" – „Klar, wenn sie bezahlen!" Und er hatte „außerfahrplanmäßig" noch eine Idee: „Ruf meinen Chef an, es stehen noch genug Busse in der Remise." Der zündende Gedanke kostete zwar Kohle, aber der Aufwand war es wert. Peseten für Pferdestärken! Aber preisgünstiger als Taxi-Tarife. Abgefahren. Wir fuhren gut mit den Linienbussen. Überperfekt. Als ich mit José eine Tour abrechnete, wollte ich für 58 Personen blechen. „Das geht nicht", mahnte der pflichtbewusste Busfahrer. „Ich habe nur 55 Plätze!" Scheißegal. Türen schließen. Abfahrt. Streik „umschifft". Leinen los …

PS: Wir haben es schon am zweiten und dritten Streiktag zu Wege gebracht, alle Gäste von der Nordküste zum Flughafen zu „verfrachten". So hat niemand seinen Heimflug verpasst.

Kapitel 29

Feuer unter dem Arsch, dank Vulkan-Ausbruch

Es „brodelt" häufig in einem Reiseleiter-Leben. Noch mehr „Feuer" als der Busfahrer-Streik hat 2010 der Vulkan-Ausbruch in Island erzeugt. Eyjafjallajökull hieß die speiende Katastrophe. Dort ist alles übergegangen. Die Asche begrub das Geschehen über den Wolken. Der Rest der Welt blieb auf dem Boden. Blöderweise auch die Flugzeuge. Kaum eine Maschine durfte aufsteigen. Fünf Tage lang Flugstille auf Mallorca. Ganz Europa war ein Monat lang betroffen. Mehr als 100.000 Flüge wurden gestrichen. Rund acht Millionen Passagiere saßen fest. Uns ging der Arsch.

Ich hatte die zwei IBEROSTAR-Hotels in Alcudia zu betreuen. Playa de Muro und Alcudia Park. Luftlinie 250 Meter voneinander entfernt. Wichtigstes Utensil in diesen fluglosen Zeiten: das Handy. Doch zur Flugruhe gesellte sich die Funkstille. Mein Diensttelefon ..., Sch ..., für Auslandsgespräche gesperrt. Verdammt, zum in die Luft gehen! Ich konnte mit meinen Gästen – durchwegs Deutsche und Österreicher – nicht kommunizieren. Kein Anschluss unter dieser Nummer. Doch der Hoteldirektor im Alcudia Park war auf Draht. Er stellte mir ein Büro zur Verfügung. Mit Schreibtisch und Festnetz. Ich besorgte mir also von allen Gästen die Handynummer. Es musste rasch gehen. Blitzschnell. Ruckzuck: „Bitte bleiben Sie im Hotel. Halten Sie ihre gepackten Koffer griffbereit. Es kann sein, dass der Transferbus eine Viertelstunde später vor der Türe steht." Im Klartext: Die Reiseleiter warteten jede Sekunde darauf, ob von den Behörden eine Maschine freigegeben wird. Wir befanden uns in argen Turbulenzen: Der Norden Deutschlands war komplett dicht. Wenn überhaupt jemand abheben durfte, dann, statt nach Hamburg und Bremen, nach München und Nürnberg. Es ging sogar nach Wien, wenn etwas frei war.

Dritter Tag der schier „Never-ending-Story". 19.30 Uhr. Der Speisesaal ist voll. Die Teller auch. Ebenso mancher Gast. Der Versuch, den Lagerkoller wegzuspülen. Mich erreicht ein Anruf: Ein Flieger nach München darf abgefertigt werden und ist in Bälde startklar. Ich als „Bodenpersonal" entscheide, wem ich ein Flugticket ausstelle und wer weiter im Hotel „gefangen" bleibt. Familien mit Kindern zuerst. Dann Leute, die dringend zur Arbeit müssen. Bayern vor Norddeutschen. 40 Gäste vom Playa de Muro, zehn Urlauber vom Alcudia Park. Es folgt mein großer Auftritt. Ich platze in den Speisesaal, postiere mich in der Mitte und erhebe meine Stimme: „Achtung, es wird ernst." Mucksmäuschenstille kehrt ein. Niemand gönnt sich mehr einen Schluck. Gabel und Messer liegen beiseite. Ich verlese die Gewinner der „Ticket-Tombola". Es verläuft alles sehr diszipliniert. Gefüllte Gläser und gerade servierte Gerichte bleiben übrig. Die Gäste haben es satt. Hauptsache Heimat in Sicht. Im Nu sind die 40 Auserwählten samt Gepäck im Transferbus verladen. Zu allem entschlossen, steuert das Gefährt auf den Alcudia Park zu, um die restlichen „glorreichen Zehn" abzuholen.

Die härtesten, schwersten, bittersten, qualvollsten 250 Meter meines Lebens. „Oh, nein. Nicht jetzt." Mein Handy läutet „verstimmt". Da stimmt etwas nicht. Schon am Klang erkenne ich – Misstöne liegen in der Luft: „Astrid, alles retour. Keine Starterlaubnis. Flugverbot!" Knallhart am Boden der Realität gelandet. Die Leute im Bus kriegen das Telefonat mit. Die ersten beginnen wild durcheinander zu schreien. Die Menge tobt, der Bus wackelt. Spontan bildet sich ein Sprechchor. Ich befürchte den totalen Absturz. Doch dann ertönt: „Astrid, wir wollen eh noch bleiben!!!" Ein Gast tröstet mich: „Die Generalprobe ist gelungen!!!" Mir fällt ein Riesen-Reiseleiterstein vom Herzen. Eine Welle von Verständnis und Zusammenhalt überwältigt mich. Wie eine große Touristen-Familie. Der Bus macht kehrt. Retourgang ins Hotel. Die Rezeptionisten trauen ihren Augen nicht: „Astrid, bringst du etwa neue Gäste???" – „Keine Sorge, es sind die alten." Wie „Neuankömmlinge" stürmen die „Ausgeladenen" den Speisesaal und kehren an ihre Tische zurück. Ich schnappe mir den Oberkellner: „Sorry, Miguel, für die doppelte Arbeit. Aber bitte gib den Leuten jetzt die Getränke gratis. Sie haben vor ihrem spontanen Aufbruch eh schon bezahlt." Aus der misslungenen Abreise entwickelt sich eine geglückte Verlängerung des nicht ganz freiwilligen Aufenthalts. Die „Fiesta grande" reicht ein klein wenig über die Sperrstunde hinaus. Ein Geschenk des (Flug)Himmels. Darüber hinaus werde ich am nächsten Tag mit Dankes-Präsenten überhäuft. Schokolade, Wein, Blumen. Asche auch über mein Haupt. Meine Augenringe nach zwei Stunden Schlaf in fünf Tagen reichen bis zu den Zehenspitzen. Tausend Rosen ...

Ein Wort zu den Mitbewerbern. Die trieben es ebenfalls auf die Spitze. Sie verlagerten den Rückreise-Verkehr nach Deutschland auf das Wasser und die Straße. Allein die Fähre von Mallorca nach Barcelona „schipperte" acht Stunden übers Meer. Noch mehr brauchte es mit dem Bus quer durch Spanien, via Frankreich bis in die Bundesrepublik.

PS: Als meine Kunden längst landeten, hockte die Konkurrenz noch in den Bus-Sitzen.

PPS: Arsch gerettet, trotz (Vulkan)Feuer am Hintern ...

Kapitel 30

Ständig verschollen und „ausgebüxt" ...

Da war nix zu machen. Dem konnte ich nicht den Hintern retten. Ein junger Berliner zeigt sich überaus wissensdurstig. Er erkundigt sich nach diesem und jenem und auch noch weiteren Ausflügen im Programm. Ich bin überrascht: Nach meinen Auskünften ordert er gleich fünf Touren. Am Ende des ersten Ausflugtages bekam ich von der begleitenden Reiseleiterin einen Anruf: „Astrid, dein Junge aus Berlin ist verschollen." Er wurde nicht mehr gesehen. Aus irgendwelchen Gründen passiert es oft einmal, dass ein Gast „verloren" geht. Vorerst nix Bedenkliches. Zwei Tage später: Der Findling war längst wiederaufgetaucht und begab sich auf seinen zweiten Ausflug. Fazit: Erneut am Ende verschwunden. Brav und pünktlich erscheint das „Stehaufmännchen" zu den Fahrten drei, vier und fünf. Immer dasselbe Prozedere: Abgängig zum dritten, vierten und fünften Mal. Ein Albtraum für jeden Reiseleiter! Die Uhr tickt, der Zeitplan wird durcheinander gewürfelt – unnötige Wartezeiten. Am Abreisetag läuft mir der „Vagabund" in der Lobby zufällig über den Weg. Mit strahlenden Augen erklärt mir der „Naseweis": „Astrid, es war alles so wunderschön. Vor allem die einzigartigen Ausflüge ..."

Die kuriose Abgängigkeitsgeschichte findet 48 Stunden später ihre weitere Fortsetzung. Anruf aus Berlin. Am Apparat die Irrenanstalt. „Ist Herr X noch bei Ihnen im Hotel?" Einmal mehr „ausgebüxt" ...

NEUE WÄNDE, TROTZ MAUERFALL

„Wissen Sie, Frau Astrid. Wir kennen Berichte aus Spanien ja nur vom Fernsehen. Palmen habe ich bisher nur auf Fotos gesehen."

Kapitel 31

Mit Tanz & Tamtam:
Die Ossis kommen!

Kurz nach dem Mauerfall am 9. November 1989. Die ersten Gäste aus Ostdeutschland „besetzen" Mallorca. Das wurde auf der Insel groß gefeiert. Die Premieren-Flieger aus Leipzig und Dresden hatten einen Extra-Empfang am Flughafen. Mit Musikkapelle. Mit mallorquinischen Tänzerinnen in der landesüblichen Tracht. Spalier von links nach rechts und von rechts nach links. Tamtam und Trommelwirbel. Kaum ist die Musik verstummt, kamen von der anderen Seite schon die ersten Bemerkungen: „Wir sind noch nie so empfangen worden", urgierte die westliche Welt Deutschlands. Die Geburtsstunde der WNG = Westliche Neidgenossenschaft.

Ein nettes Ehepaar aus dem Osten fragt schüchtern, ob sie mich im Garten des Hotels Gran Vista auf eine Kanne Kaffee einladen darf. Volle Kanne, sehr gerne. Ich habe mich auf den Erfahrungsaustausch riesig gefreut. Wir wussten ja nix von ostdeutschen Urlaubsgästen. Außer, dass sie für ihre Ferien nach Russland, Ungarn oder Bulgarien eine Ausreisegenehmigung erhalten haben, respektive ihren „Aufenthalt" dort verbringen mussten. Auf „Ostblock" getrimmt, vom Westen natürlich null Ahnung. Die Frau sagt zu mir: „Wissen Sie, Frau Astrid … (Anmerkung: Ich finde es immer entzückend, wenn Gäste Frau Astrid zu mir sagen ;-)). „Wissen Sie, Frau Astrid.

Für uns ist das hier alles ganz neu. Wir kennen Berichte aus Spanien ja nur vom Fernsehen. Zum Beispiel von der schönen Natur. Palmen habe ich bisher nur auf Fotos gesehen. In natura durfte ich noch nie eine anfassen." Wir saßen zufällig direkt unter einer Palme. Sie streckt die Hand aus und berührt den Baum. „Sehen Sie, Frau Astrid. Das ist für mich Freiheit!" Ich war tief berührt.

Kapitel 32

Überflüssige Diskussion um das „Abendtrinken"

Kaum gelandet, hörte ich in der Anfangszeit sehr oft immer die gleiche Beschwerde von ostdeutschen Gästen. Ihre Reklamation: „Warum müssen wir beim Abendessen die Getränke extra bezahlen?" Beim „Ost-West-Denken" taten sich offenbar auch in diesem Punkt krasse Gegensätze auf. Ich versuche, wasserdichte Argumente zu liefern: „Bei uns ist das normal. Das gehört zum Abendessen nicht dazu. Egal, ob Wasser, Bier oder Wein. Das ist nicht inklusive", erkläre ich den wesentlichen westlichen Standpunkt.

Ich bekam immer dieselbe östliche Standardantwort: „Beim Frühstück müssen wir den Tee oder Kaffee doch auch nicht separat blechen!" Und schon entwickelte sich eine überflüssige Diskussion. „Nee, das ist Bestandteil", gebe ich den Ossis recht. Ich gehe ins Detail und schildere das kontinentale Frühstück auf der Insel: „Brötchen und Butter. Eine Portion Marmelade. Tee oder Kaffee gehören dazu." Prompt kommt der nächste Widerspruch auf den Tisch: „Ja, aber das ist doch auch flüssig. Das verstehen wir nicht." Nicht leicht zu kapieren. Schwer, der Begriff: „Es heißt Frühstück. Und es nennt sich Abendessen. Trinken Sie Ihr Essen etwa?", entgegne ich. Hochprozentig führe ich weiter aus: „Sie gehen nicht zum Abendtrinken, sondern zum Abendessen!!!" Ende der Diskussion. Die Auflösung: vereintes Deutschland, zwei Urlaubskulturen. Die Ossis haben mir versichert, dass in der ehemaligen

DDR beim Abendessen automatisch ein Getränk dabei war. Prost, Mahlzeit!

Das mit den Begriffen begreift halt nicht jeder. Ein anderes Lehrbeispiel: Vater und Mutter. Dazu ein Kind, vier Jahre alt im Zustellbett. Plus Baby, dafür gibt es ein Babybett. Liegt doch alles klar vor. Nö, schiefgelegen. Papa beschwert sich über viel zu wenig Raum für seine Großfamilie. Er ist in die Enge getrieben: „Sie sind zu viert", rechne ich vor. Resultat: „Sie hätten ein Familienzimmer oder Apartment gebraucht. Da ist mehr Platz." Logische (An)Gleichung: Doppelzimmer = Zwei-Personen-Zimmer!

PS: Die Gäste aus dem Osten waren oft der Meinung, dass ein Doppelzimmer – wie der Name schon sagt – aus ZWEI Räumen besteht. In der Touristikbranche leider nicht der Fall, da sich das Wort „Doppel" NUR auf zwei Personen in einem Zimmer bezieht.

Kapitel 33

„Nö, nö, nö"
als klares JA

In diesem Moment bin ICH wohl begriffsstutzig gewesen. Nach meiner Begrüßung warte ich wie immer an meinem Schreibtisch und hoffe, dass die Gäste Ausflüge buchen. Ein Ehepaar spricht mich an. Ich bin sprachlos. Zum ersten Mal vernehme ich sächsischen Dialekt. Für mich Neuland. „Wir möchten gerne die Insel-Rundfahrt buchen." – „Aber mit Vergnügen. An welchem Tag denn? Gleich morgen?" Ich bin entzückt, dann fast verrückt: „Nö, nö, nö", kriege ich als Antwort. Okay, das hörte sich wie ein klares NEIN an. „Sie wollen aber schon die Inselrundfahrt buchen", hake ich entschlossen nach. Wieder kommt ein x-faches „Nö, nö, nö." Ich lasse mich nicht entmutigen und starte einen weiteren Versuch: „Wir reden über die Inselrundfahrt für morgen ..." – „Nö, nö, nö", hallt es mir erneut entgegen. Ja, wollen die mich verarschen? Sagen zu allem NEIN! Ihr könnt mich mal, jetzt mache ich die Tickets einfach fertig, mir scheißegal. Ich stelle also die bestellten – oder doch nicht gewünschten – Fahrscheine aus, damals noch händisch, nicht per Computer, und knalle sie auf den Tisch, kombiniert mit der Aufforderung: „Das wäre bitte sofort bar zu bezahlen." Es lohnt sich. Er löhnt. Sie lacht. Und greift sich glücklich die Tickets. Beide drehen sich um und gehen.

Ich bleibe irritiert zurück und muss den „Sonderfall" sofort aufklären.

Griff zum Telefonhörer. Anruf bei einer Kollegin, die auch aus Ostdeutschland stammt. „Sag mal, habt ihr

Schwierigkeiten mit JA und NEIN. Könnt ihr das nicht auseinanderhalten?" Vom anderen Ende der Leitung fliegt mir ein lautes Lachen zu. „Verstehe ich das jetzt richtig? Du hattest Sachsen zu Besuch. Sie meinten JA, haben zu dir aber ständig NÖ gesagt. Alles klar!" Darauf ich: „Ja, so war es." Sagt sie: „NÖ, das ist schon in Ordnung so."

Neue Wände, trotz der Wende. Sprachbarrieren, die ich aber gleich wieder abgebaut habe. Verstanden! Sächsisch als meine achte Fremdsprache ...

Kapitel 34

Schweiz, Köln, Leipzig: Hauptsache Deutsch!

Es muss wohl an mir und meinem Dialekt liegen: Gäste ordnen mich den verschiedensten Ecken zu. Einmal bin ich Schweizerin. Dann komme ich aus Köln. Oder ich stamme aus Leipzig. Ein wohl besonderes Kompliment, wenn mich ein Ehepaar von dort als Landsfrau bezeichnet. Ich habe die beiden bei einem Ausflug nach Son Amar begleitet. Sie wurden mir aus dem Hotel – wo meine Kollegin und Freundin Ilona als Reiseleiterin arbeitet – zugeteilt. Ilona ist eine gebürtige Leipzigerin. Sächsisch sprachgewandt. Nicht zu überhören. Ihr Zungenschlag spricht Bände.

Zurück zum Ehepaar. Ich verabschiede mich also von dem Duo nach der „Son-Amar-Show" und gebe ihnen folgende Bitte mit auf den Rückweg ins Hotel: „Erzählen Sie doch ihrer Reiseleiterin, wie toll der Ausflug war (Anmerkung: ... in der Hoffnung, dass auch andere Gäste die Tour buchen, wenn sie das hören ...). Und natürlich schöne Grüße an Ilona."

In der Tat, dass rührige Ehepaar schwärmt Ilona von zwei Sachen vor: A & A. Ausflug & Astrid. Der Mann über mich: „Sie kommt ja auch aus Leipzig, darum haben wir sie so gut verstanden." Sagt seine Frau zu ihm: „Ach komm, Ilona ist aus Amsterdam und wir verstehen sie doch auch blendend." Verkehrte (Sprach)Welt. Weder

Ilona noch ich konnten es den zwei „lieben Linguistikern"
jemals ausreden. Bis heute dichten sie der Leipzigerin
Ilona die niederländische Staatsbürgerschaft an. Und
aus mir, der hartnäckigen Holländerin, mit dem Kratzen
hinten am Hals, haben sie eine waschechte Leipzigerin
gemacht. Hals- und zungenbrecherisch ...

Du bist Touristen von Kopf bis Fuß ausgeliefert. Bildlich
gesprochen. Sie „bilden" sich Dinge einfach ein. Selbst
wenn sie ein (Beweis)Foto schießen, bleibt die Betrachtungsweise „verschwommen". Völlig unterbelichtet. Da
geht die Linse nicht zu. Ich liefere – schwarz auf weiß –
gleich das Alibi dazu. Der Auslöser dafür: Auf Wunsch
lichte ich ein Pärchen bei einem Festival ab. Umgekehrt
wollen auch sie ein fototechnisches „Andenken" von mir.
Buenos Dias. Abgedrückt. „Jetzt haben wir endlich ein
Bild von einer rassigen Spanierin", bedanken sie sich.
Ein Fehlschuss. „Rassig stimmt. Spanien nicht. Ich bin
Holländerin", gebe ich objektiv zurück. Dann hat es bei
der Frau „zoom" gemacht. Auf einen Klick: Vom „Blitz"
getroffen. Sie hat mich angesehen wie eine Eule (ein Uhu)
nach dem Waldbrand. Alles gelöscht. Bildlich. Das Foto
hatte keinen Wert mehr ...

Kapitel 35

Lieber Tacheles als „Sprach-Wirrwarr"

Je mehr Sprachen eine Reiseleiterin beherrscht, umso besser. Allerdings: Die Gäste quatschen dich sowieso in ihrer Muttersprache an. Wenn ein Russe Russisch redet und kein Wort Englisch beherrscht, kann ich ihm auch nicht helfen. Viele Dialoge laufen in der Praxis so ab: Die Leute nähern sich meinem Schreibtisch und stellen sich davor. Sie (ver)beugen sich weit in meine Richtung. Vielfache Verrenkungskünstler. Es geht fast ins Auge. Beinahe Nase an Nase. Zumindest „face to face". Erst jetzt machen sie den Mund auf: „Entschuldigung, sprechen Sie Deutsch?" Ich weiche zurück und mache gute Miene: „Natürlich! Wie kann ich helfen?" Der nächste Satz heißt dann: „Okay, may I ask you a question?" Ich kann das „Sprach-Wirrwarr" in keiner Weise verstehen. Spreche ich nicht Deutsch ...?

Verständigungsprobleme hatte ich auch mit zwei deutschen Damen: Sie nörgeln, meckern, bemängeln, regen sich auf, kritisieren, reden alles schlecht. So weit so gut. Ich kriege das nur aus der Distanz mit, ehe sich die „Beschwerdeführerinnen" an mich wenden.

Hier der Original-Wortlaut:

„Wir wollen unsere Reiseleiterin sprechen."

„Ich bin Ihre Reiseleiterin!"

„Was? Sie? Sie können unmöglich unsere Reiseleiterin sein."

„Warum nicht?"

„Sie sind ja Holländerin. Sie verstehen uns gar nicht."

„Ach so. In welcher Sprache sprechen wir gerade?"

Kurzes Luftholen.

„Wir wollen mit Ihnen nichts zu tun haben ..."

„Kein Problem. Drehen Sie sich mal um."

„Wieso?"

„Hier hat der Zimmermann ein Loch gelassen. Das nennt man Türe. Dort geht's raus." (Anmerkung: Diese Floskel gebrauche ich öfter;-))

VERSTANDEN? Lieber Tacheles ...

Kapitel 36

Von Gentleman
und Hooligan ...

*Wenn zehn Leute auf mich zukommen, dann weiß ich: Das
ist ein Wiener und das ein Berliner*

Wenn ich eine Urlauberschlange sehe – ich schwöre –, ich
erkenne jeden und jede. Mit einem Blick weiß ich, wer
woher kommt. Aus welchem Land, welcher Nation, welcher Region. Osten oder Westen. Wenn zehn Leute auf
mich zukommen, dann sage ich: Das ist ein Deutscher.
Das ist ein Ossi. Das ist ein Wiener und das ein Berliner.
Franzosen, Italiener, Spanier. Alle haben ihre Merkmale.
Nicht nur das: Ich kann Gäste auch sofort dem jeweils
gebuchten Hotel zuordnen. Absteige oder Fünfsterne.
Das hast du oder du hast es nicht.

Ich bin Holländerin und entlarve meine Landsleute
in der Sekunde. Auch im Fernsehen. Bevor sie den Mund
aufgemacht haben. Mit ihrem Gesicht. Ich fische sie immer heraus. Der Niederländer ist meist hochgewachsen.
Mann wie Frau. Ein großes Volk. Modern gekleidet. Die
älteren Damen sind relativ konservativ angezogen.

Stichwort Outfit. Die deutschen Männer – leicht erkennbar. Deutsche Durchschnittsurlauber, egal welcher
Altersgruppe, tragen im Sommer ein T-Shirt. Eine kurze
Hose oberhalb vom Knie. Er hat graue Socken an. Und
braune oder blaue Sandaletten. Eine Kombination (!!!).

Unglaublich. Der typische Deutsche. Abgesehen von seinem Bierbäuchlein.

Die deutsche Frau – kommt darauf an, ob aus dem Osten oder dem Westen – ist in Relation völlig normal angezogen. Die aus dem Ruhrpott sehen immer ein bisschen „anders" aus. Mit ihren Haaren und langen Fingernägeln und allen möglichen Farben drauf. Das ist ein ganz bestimmter Schlag von Leuten.

Die Engländer, ebenfalls ein eigener Typus. Vor allem die Männer. Rot verbrannt im Gesicht. Nicht nur von der Sonne, sondern vom Saufen. Egal, ob irischer Einschlag oder nicht. Dann kommen noch die roten Haare hinzu.

Her mit den Engländerinnen. Noch schlimmer. Denen fehlt ein Gen: Das Schamgefühl! Ein Hintern wie ein Brauerei-Pferd, aber ein kurzer Rock, der zu wenig Stoff hat, weil er in die Breite geht. Beine wie Männer. Weiße Lackschuhe samt Stöckelabsätzen, mit denen sie nicht gehen können. Oben ein Oberteil, wo der ganze Busen rausfällt. Die finden das normal. 25 Jahre alt. Riesenbusen, dicke Wampe vom Fressen. Drei Kinder, das vierte unterwegs. An der Seite Schwimmreifen. Einer nach dem anderen. Aufgeblasen. Dazu ein eng anliegendes Kleid. Zwei Kleidergrößen zu klein. Wie die Wurst in der Pelle (Haut). Stolz stolzieren sie auf Mallorca mit dem Kinderwagen die englische Meile entlang. Englische Reiseleiterinnen haben eine Uniform, genauso wie ich. Dennoch schaffen sie es, „billig" auszusehen. Die InselbewohnerInnen – ich meine nicht Mallorca, sondern Großbritannien – finden das völlig in Ordnung.

Die britischen Männer – ebenso bescheuert. Von oben bis unten grausam tätowiert. Billige Kleidung, alles passt überhaupt nicht zusammen. Die haben keinen Mittelstand, sondern nur ganz oben und ganz unten. Zwei Welten: Gentleman und Hooligan.

Nicht minder auffällig: Russen und Russinnen. Die „Putin-Plagiate" schwimmen im Geld. Der Russe umgibt sich gerne mit Damen an seiner Seite. Meist nicht die offiziellen Ehegattinnen, sondern Nutten, die sie aus der Heimat mitnehmen. Mit Miniröcken, viel zu kurz. Mit Make-up und Nagellack. Mehrschichtig. Nicht zenti-, sondern meterdick. Wie kann Frau nur so viel ins Gesicht schmieren? Lebende Geschmacksverwirrungen. Unten fängt es an. Extrem komische Plateausohlenschuhe, womit Normalsterbliche schon 30 Jahre nicht mehr herumlaufen. Viele Rubel im Sack, aber billig. Ganz, ganz billig. Wirklich nuttig.

Die Männer stampfen aufgeblasen durch die Hotelhalle. Entweder blank oder kiloweise schmuckbehangen mit Goldketten. Sie steuern polternd auf dich zu und fangen an, Russisch zu reden. Obwohl ich gar nicht ihre Reiseleiterin bin. In ihren Augen MUSS jeder Russisch können. Für sie gibt es keine andere Sprache. Ich antworte meist auf Englisch. Das Einzige, was sie vielleicht einigermaßen verstehen. „Ah, njet rúßki!" Entweder quatschen sie dich lautstark zu oder sie drehen sich angewidert ab. Der Russe denkt: Ich kann alles, ich darf alles. Die Art, wie sie essen, das Benehmen im Hotel. Sie lassen sich aus der Hotelbar den Wodka literweise an den Tisch bringen. Die Flaschen hoch. Sie wollen ihr

Glas befüllen. Alles läuft über den Tisch. Kein Tropfen ist im Glas. Ein Tisch voller Russen und du brauchst eine Generalreinigung.

Die Italiener zeichnen sich durch eines aus: Hektik! Ohne Ende. Noch hektischer als die Spanier. Sie reden viel mehr. Da wird nur geschnattert. Wenn du einen Bus mit Italienern füllen musst, brauchst du zwei Dinge: Zeit und Nerven. Die steigen vorne ein und hinten wieder aus. Und umgekehrt. Die italienischen Kolleginnen sind absolut nicht zu beneiden. Wenn sie einen Bus Richtung Flughafen abfertigen müssen, setzen sie die Abholung eine Stunde früher an. Mindestens. Ein Italiener sitzt noch am Klo. Einer steht an der Bar, Campari trinkend. Der andere mit einem Espresso in der Hand. Der vierte liest entspannt Zeitung. Dolce Vita. Endlich alle da, hat einer am Zimmer etwas vergessen. Wie ein Sack voller Flöhe.

Ähnlich die Franzosen. Auf dem Ticket steht: Der Bus fährt um 6.30 Uhr ab. Treffpunkt zehn Minuten vorher. Kein Mensch ist da. Dann gehst du ins Hotel und siehst nach. Zwei hier, drei dort. „Bonjour. Comme ci comme ca." Eine Grande Nation. Aber schwierig. Und eigenwillig. Der Franzose geht davon aus, dass die ganze Welt französisch spricht. Sonst ist er beleidigt. Quelle malheur. Die Spanier sind ja auch nicht einfach. Aber wenn du sagst: „Da steht der Bus. Vamos, bitte einsteigen." Das funktioniert. Die Deutschen stellen sich ja sowieso alle pünktlich mit dem Ticket in der Hand vor der noch zugemachten Bus-Türe an und warten geduldig.

Kommen wir zu den Ösis, den Österreichern. Da bin ich nicht die richtige Ansprechpartnerin. Ich beurteile Österreicher ganz anders als meine deutschen Kolleginnen. Erstens habe ich 35 Jahre mit einem Österreicher zusammengelebt. Zweitens verstehe ich die Sprache, außer vielleicht die Xiberger (Gsiberger) aus Vorarlberg mit ihrem speziellen Dialekt.

Ich kenne die Mentalität. Ich liebe das Land, die Leute und das Essen. Da muss sich einer schon saudeppert (saublöd) anstellen, damit er schlechte Karten bei mir hat. Der Witz an der Sache ist, dass ich viel schneller mit Österreichern als mit deutschen Gästen ins Gespräch komme. Klar, die Ösis können auch lästig sein. Ein Hamburger Piefke sieht das sicher aus einem anderen Blickwinkel. Der Wiener ist sowieso eine Ausnahme. Wenn in Tirol ein Auto mit Wiener Kennzeichen parkt, zeigen alle mit dem Finger darauf: „Ach Gott, so ein Großkotziger."

Es kommt darauf an, aus welchem Bezirk jemand ist. Von der Inneren Stadt (nobel) über Meidling (die, mit dem komischen LLL beim Reden) bis zu Donaustadt und Floridsdorf, jenseits der Donau, also tiefste Peripherie und Provinz. Hinzu kommen Ausbildung und Hintergrund. Das einfache Wiener Volk hat eine relativ ordinäre Ausdrucksweise. Die pochen auf Sachen, die sie überhaupt nicht bestellt und noch viel weniger bezahlt haben. Der „normale" Wiener ist geradeaus: So will ich es haben, so ist es. Der lässt sich von seiner Meinung nicht abbringen. Da hilft kein Schmäh. Es sind Unterschiede, ob ein

Grazer, ein Innsbrucker, ein Salzburger oder ein Wiener vor dir steht. Alle sind anders. Ein Tiroler ist viel gemütlicher. Stur zwar in der Heimat, aber außerhalb von Tirol weltoffen. Der Wiener ist in erster Instanz nicht nur Österreicher, sondern eben Wiener, weil, er kommt ja schließlich aus der Hauptstadt, dem Mittelpunkt der Erde. Das hat jeder zu respektieren: „Ihr müsst mir alle Respekt zollen." Die anderen sagen: „Leck mich am Arsch, ist mir doch wurscht, wo du herkommst."

Ein bisschen mit Münchnern zu vergleichen. Stolz auf die Herkunft, aber ein gemütlicher Bayer, mit dem du viel Spaß haben kannst. Im Gegensatz zum überheblichen Berliner: Ich, nur ich. Icke, nur icke! Da kannst du reden, was du willst. So ist der Wiener auch.

Ich spreche fünf Sprachen plus österreichischen Dialekt. Begriffe wie Karfiol (Blumenkohl), Paradeiser (Tomaten), Fisolen (grüne Bohnen) oder Stelze (Schweinshaxe) kennen die Deutschen ja nicht. Die siebente Sprache ist der mallorquinische Dialekt (Anmerkung: Und ach JA: Also ach NÖ. Sächsisch als achte Sprache, ein eigenes Kapitel, das ich schon erläutert habe ...).

Die Mallorquiner sind – vor allem die ältere Generation – relativ klein. Und sie haben keinen Hals. Sie können kaum eine Krawatte tragen. Da sitzt der Kopf gleich auf dem Rumpf drauf.

Das ist so ungefähr wie bei Franz Josef Strauß. Der ehemalige bayerische Ministerpräsident besaß ja auch keinen Hals. Diesen Witz habe ich mir unzählige Male anhören müssen: Der Diener von Strauß hat dem Politiker – vorm Krawatte binden – immer einen Finger in den Hintern gesteckt. Damit das letzte Stückchen Hals nach außen kommt …

Grüezi. Hopp Schwyz. Die Eidgenossen sind eine Kategorie für sich. Von Kanton zu Kanton verschieden. Die aus Bern sind die Langsamen: Im Reden. Im Denken. Im Entscheiden. Für uns Reiseleiter bedeuten die Schweizer gute Gäste. Sie geben enorm viel „Fränkli" aus. Sie erscheinen sehr oft in großer Familienanzahl. Deutsche und Österreicher reisen meist als Pärchen an. Eventuell noch mit ein, zwei Kindern. Die Schweizer sind zwei, drei Pärchen mit sechs, sieben Kindern. Der Vater kommt und bucht für 12 Personen. Da fangen dir als Reiseleiter die Dollarzeichen in den Augen zu blinken an. Sehr höfliche, freundliche Leute. Selten mal eine Beschwerde. Alle mit gewissem Niveau. Der Deutsche schreit, wenn ihm etwas nicht passt. Der Schweizer bleibt ganz ruhig, wenn etwas zu beanstanden ist.

Immer wieder Probleme bereiten die Luxemburger. Die sind frech und lästig. Kaum angekommen, maulen sie gleich. Das ist nicht gut und das ist nicht gut. Wenn ich es auf den Punkt bringe, bleibt nix mehr übrig. Sie reden im Dialekt. Ein bisschen Deutsch, dazu Französisch, viel Holländisch. Das beherrsche ich. Da sitze ich hinterm Schreibtisch und schmunzle schon. Da hörst du die fiesesten, schlimmsten Dinge. Irgendwann schmeiß ich dann eine Antwort. „Scheiße, die hat uns verstanden!" Ich kann ihre Sprache zwar nicht sprechen, aber weiß, was sie meinen.

Ebenfalls lästig, Siebenbürger. Dort kommt der Rock-musiker Peter Maffay her. Wenn jemand ein Haar in der Suppe findet, dann einer aus Siebenbürgen. Das deutschsprachige Rumänien. Auch bekannt unter Trans-sylvanien. Berühmt wegen Graf Dracula. Kommt nicht von ungefähr: Sie wollen dich aussaugen und fressen …

Apropos Essen. Der Italiener braucht seine Pasta. Der Franzose seine Froschschenkel (die er auf der Insel na-türlich nicht kriegt). Der Deutsche die Schweinshaxe. Der Österreicher das Schnitzel. Die meisten Hotels ha-ben internationale Küche. Von allem etwas: Fischplatten und Fleisch. Schnitzel ist auch ein spanisches Gericht. Salate und Gemüse. Belgier, Deutsche, Niederländer und Österreicher haben mit dieser Verköstigung überhaupt kein Problem. Wenn der Italiener keine Pasta kriegt – dann basta! Wird es den „Stiefelkindern" im Hotel zu blöd, gehen sie auswärts essen. Pasta & Pizza gibt es auf Mallorca an allen Ecken und Enden. Die heiklen Franzo-sen sind sowieso in „ihren" Hotels gebündelt. Dann ist die Küche auch eigens auf „Vive la France" abgestimmt. Die Engländer lieben es „very british": Baked Beans. Spie-gelei. Sausages (kleine Würstchen). Zu Mittag werden die Hamburger gestapelt. Am Abend: Salate und erneut Hamburger. Sowie Gemüse, das ohne Geschmack aus dem Wasser gezogen wird. Enjoy the meal. Maaltijd. Mahlzeit.

Last but not least lassen es die Nationen auch unter-schiedlich „klimpern". Andere Länder, andere Münzen.

Ein paar Zeilen zum Thema Trinkgeld. Juan, mein Busfahrer, hat einen Blechnapf aus Metall. Dort soll es ordentlich klingeln. Meine Augen sind auf die diversen Reisenden aus aller Herren Länder schon spezialisiert. Genauso ist mein Gehör sensibilisiert. Ich nehme penibel wahr, was in die Schüssel (rein)fällt. Ob Reinfall oder super Salär. Ob ein oder zwei Euro. Wenn ich nix höre, ist es ein Schein. Macht es „bbblllrrrppp" sind es eine Handvoll, armselige Cent.

Früher gab es 100 und 500 Peseten in Form von Münzen. Wunderschön, golden und ziemlich ähnlich. Fast gleich groß. Mit einem einfachen Trick habe ich Juan „reicher" gemacht. Bei der Rückfahrt vom Ausflug „Abendprogramm Son Amar" ins gebuchte Hotel hat er vor der Ankunft immer das Licht im Bus aufgedreht. „Juan, lass es finster", lautete mein Rat, der Gold wert war. Im Dunklen konnten die Leute nur erahnen, was sie in den „Klingelbeutel" schmeißen – ob 100 oder 500 Peseten. Bei rund 50 Personen im Bus hole ich im Schnitt 60 Euro raus. Nicht schlecht, gutes Geld. Wer aus der (Trinkgeld) Branche kommt, blättert Banknoten hin. Bürohengste sitzen auf ihrem Ersparten.

Das Ranking der großzügigsten Trinkgeldgeber führen die Deutschen an. Auch die Österreicher öffnen brav ihre Börsen. Den Engländern musst du erst einen „Tip" geben. Der Franzose gibt prinzipiell nichts. Erst nach einem kleinen Vortrag werden nach und nach die Portemonnaies gezückt. Nur „Au revoir" ist mir zu wenig. Zuerst Zahlen, dann „Bon voyage". Keine Spendierhosen haben Polen, Russen und Ungarn an. Bis zum letzten Hemd geizig zeigen sich die Niederländer. Von den Spaniern kriegst du die Arschkarte vor das Gesicht gehalten: Da steht „all inclusive" drauf ...

Skandinavische Gäste sind prinzipiell sehr nett und gemütlich. Vor allem die Dänen. Die Schweden verhalten sich hingegen schon mal hochnäsig und schwierig. Um schwedischen Gästen ein Heimatgefühl zu geben, hat eine Hotelkette dem ganzen Personal im Winter Schwedisch-Unterricht gegeben. Das musst du dir einmal vorstellen: Egal, ob Rezeption, an der Bar, im Speisesaal. Sogar der Putzkolonne wurde die „Elch-Sprache" beigebracht. Umgekehrt gibt es kaum eine Putzfrau auf Mallorca, die Deutsch spricht. Das ist typisch für den Charakter.

Damit ich niemanden vergesse. Wen haben wir noch auf Mallorca? Ach ja, Türken. Die leben schon seit drei Generationen in Deutschland. Sie treten in größeren Gruppen auf, wollen meistens nix von dir, machen alles selbstständig. Die siehst du nicht, die hörst du nicht. Außer es ist etwas nicht in Ordnung. Dann schreien sie den ganzen Laden zusammen.

Die Amerikaner waren mal eine Minderheit auf Mallorca. Mittlerweile haben sie sich „vervielfacht". Sie befinden sich an Bord der Kreuzfahrtschiffe und schwärmen dann zum Einkaufen aus.

Ein Unterscheidungsmerkmal zwischen den einzelnen Ländern ist sicherlich die Kleidung. Da stechen die Italiener besonders positiv ins Auge: mit Abstand die Besten. Die Holländer sind durchschnittlich normal. Die Deutschen könnten noch an sich arbeiten.

Auch im Strandverhalten variieren die Nationalitäten. Das ist aber abhängig von der gebuchten Leistung. Wer ein Appartement plus Frühstück reserviert hat, der liegt den ganzen Tag am Strand. Völlig egal, woher er kommt. Die mit Halbpension tauchen pünktlich – Schlag 16 Uhr – wieder im Hotel auf. Ab in die Dusche, fertigmachen zum Abendessen. Geizig wie sie sind, haben die meisten den ganzen Tag nix gegessen. Um 18 Uhr öffnet der Speisesaal. Eine halbe Stunde vorher stehen sie schon Schlange. Darin sind die Deutschen Weltmeister. Weil sie bereits vorher rein will, schafft es die Horde immer wieder aufs Neue, solange an der Türe zu ziehen, bis sie aufgeht. Unwahrscheinlich. Und dann kommt exakt jedes Mal die gleiche Ausrede: „Wir müssen um Punkt 18 Uhr speisen, spätes Essen vertragen wir nicht."

Eine eigene Spezies stellen die „All-inclusive-Leute" mit den Plastikbändern um das Handgelenk dar. Kaum ist das Frühstück beendet, schwärmen sie in der ganzen Hotelanlage aus. Bewaffnet mit Plastikbechern, stürmen sie sämtliche Bars: Die ersten Drinks oder Kaffee & Kuchen. Sie suchen unentwegt nach Sandwiches und Häppchen und kriegen nicht genug. Sie pilgern von Fressbude zu Fressbude. Der Papa ein paar Bier. Die Kinder Eis und Limo. Die kriegst du nicht aus dem Haus. Völlig uninteressiert daran, einen Ausflug zu buchen. „Wir haben ja eh schon alles inclusive!" Du musst sie mit der Nase darauf stoßen, dann kaufen sie dir ab und zu doch eine Tour ab. Die Hose am Abreisetag passt sowieso nicht mehr ...

Deutsche und Österreicher sind Frühaufsteher. Egal ob Sport, Strand oder Frühstück. Auch der Engländer erscheint zeitig. Spanier und Italiener kommen später. Russen sind immer die letzten. Und dann sind sie beleidigt, wenn der Speisesaal um 11 Uhr schließt. Es folgt ein Riesen-Russen-Radau.

Kennen Sie die „englische Bräune"? Der Brite reist mit nobler Blässe an: Er ist weiß wie ein Bettlaken. Dann knallt er sich 14 Tage lang in die pralle Sonne. Säuft den ganzen Tag Bier. Schläft, selbst bei 40 Grad – nicht im Schatten wohlgemerkt – auf der Strandliege ein. Am dritten Tag ist er krebsrot. Beim Nachhause-Fliegen ist er wieder weiß wie die Wand, weil die Haut sich bereits gepellt (geschält) hat. Das ist die „englische Bräune".

Kapitel 37

Balkonspringen und Matratzenweitwerfen

Selbst der Ballermann – damit habe ich dieses schreckliche Wort ein einziges Mal genannt, es wird im restlichen Text nie wieder vorkommen – hat seine Grenzen. Es gibt vieles auf der Insel, was eindeutig zu weit geht. Ich bin eine strikte Gegnerin von Exzessen aller Art und bemühe mich stets, den schlechten Ruf in ein positives Image zu verwandeln. Trotz aller Anstrengungen schaffen es die Politiker nicht, den Sauftourismus ganz trocken zu legen. Es muss ja nicht sein, dass ohnehin schon hackedichte Horden bei Tagesanbruch grölend um die Häuser ziehen und jede Menge „Flaschen" immer noch Alkohol bis zum Umfallen konsumieren. Die vollen Schlucker schmeißen dann ihr leeres Getränkegut wild durch die Gegend. Die Anrainer sind ge- und betroffen. Strikte Verbote sorgen daher für mehr Sitte und Anstand in der Öffentlichkeit:

§ *Es herrscht absolutes Alkoholverbot*
  auf allen Straßen und am Strand.
§ *Ein Prostituierten-Tabu verbannt die*
  „Bordstein-Schwalben" von den Gehsteigen.
§ *Ab 24 Uhr wird dem „Lärm" Nachtruhe verordnet.*
  Maximaler Geräuschpegel: Zimmerlautstärke!
§ *Öffentliches Pinkeln ist strengstens untersagt.*

Um das „Gäste-Niveau" zu steigern, fließt viel Geld in die Verbesserung der Infrastruktur. Hotels erhalten zum Beispiel staatliche Förderungen, um ihre Kategorie von Drei- auf Vier-Sterne zu heben. Neubauten werden überhaupt nur noch ab vier Sternen genehmigt. Für die Einheimischen erfolgt die Umsetzung der Maßnahmen zu langsam. „Wir wollen endlich unsere Ruhe", heißt der allgemeine Tenor. Andererseits lebt Mallorca vom Tourismus. Es ist für alle Beteiligten ein Lernprozess. Auch für die Polizei. 20 Jahre haben die Uniformierten ein Auge zugedrückt oder gleich ganz weggesehen. Im 21. Jahrhundert müssen sie plötzlich alles ahnden und exekutieren. Das dauert. Das muss sich erst einspielen.

Wenn jemand mit seinem Leben spielt, bringe ich allerdings null Verständnis auf. Die absonderlichsten Sachen passieren an der Südküste. Dort liegt Magaluf, die Hochburg der Engländer. Dagegen ist El Arenal, das deutsche Pendant, ein Kinderspielplatz. Die Landsleute der (Ex)Queen amüsieren sich im Suff „königlich". Ihr gekröntes Haupt wäre „not amused". Wenn die englischen Kumpane einen in der Krone haben und augenscheinlich nicht mehr bei vollem Bewusstsein sind, riskieren sie Kopf und Kragen. Sie haben das „Balkonspringen" für sich erfunden. Ein lebensgefährlicher, höchst ungesunder Zeitvertreib. Im Rausch verfliegt die Höhenangst und sie stürzen sich in die Tiefe. Die Verrückten klettern im achten Stock auf den Balkon und hüpfen in den Swimmingpool. Nicht alle landen im Ziel. Es gab Zeiten, wo drei Engländer pro Woche in den Tod flogen.

Für mich unverständlich, dass diesen „Kamikaze-Piloten" nicht schon längst die „Starterlaubnis" entzogen wurde. Es existieren keinerlei Auflagen. Warum werden nicht Gitter am Balkon angebracht, die ein Abheben verhindern? Wenn es ihre geistigen Fähigkeiten übersteigt, warum dürfen Engländer überhaupt in Hotels so weit oben wohnen? Warum gibt es für die Beschränkten keine Einschränkungen? Maximal zweite Etage. Da wächst wenigstens die Überlebenschance …

Für alle Nichtlebensmüden, die etwas anderes als ihren Leib „opfern" möchten, lieber Haut und Haare retten wollen, für die haben findige Engländer zwar eine körperlose, aber ebenso hirnrissige Alternative zum Balkonspringen geboren: das Matratzenweitwerfen. Ziel ist das gleiche: der Hotel-SwimmingPool. Nur segelt halt die „Schlafunterlage". Good night, England!

📷

Touristen besitzen Narrenfreiheit, Reiseleiter unterliegen rigorosen Spielregeln. Kaugummi kauen im Dienst? Nicht gestattet! Wenn ich mit einem Gast rede, ist es Pflicht, ihm in die Augen zu schauen. Eine Sonnenbrille auf der Nase geht gar nicht. Egal ob am Strand, am Flughafen oder hinter dem Schreibtisch. Vorschrift ist Vorschrift. Wehe, ich nehme auch nur einen Tropfen „Hochprozentiges" zu mir. Ich darf nicht einmal im Entferntesten nach Alkohol riechen. Gäste dürfen hingegen bis zum Umfallen saufen und eine kilometerweite „Fahne" mitschleifen. Okay, gutes Benehmen hängt mit Kinderstube und Elternhaus zusammen. Die KollegInnen aus England jedenfalls bekommen einen ganzen Benimm- und Verhaltenskatalog in die Hand gedrückt. Zum auswendig lernen. Kaum zu glauben, was in diesem „Wälzer" alles drinnen steht.

Britisches (Daneben-)Benehmen füllt ganze Kapitel. Für die ist das alles nicht so selbstverständlich. Ich weiß noch aus meinen Anfangsjahren, was sich da abgespielt hat. Per Dienstanweisung waren Tattoos, Piercings, ja sogar Ohrringe aus- und eindrücklich untersagt. Eines Tages stach mir ein englischer Reiseleiterkollege ins Auge. Der arme Kerl. Überall Pflaster im Gesicht. Bei genauerem Hinsehen auch auf den Armen. Am dritten Blick selbst an den Beinen. Ich tippte auf einen Fahrradunfall. Von wegen. Der Bursche bestand von oben bis unten aus Tätowierungen, die er zugeklebt hat, um seinen Job nicht zu verlieren. Crazy!

Ich bin zwar Holländerin, zähle mich aber eindeutig zu den deutschen Reiseleitern. In diesem Zusammenhang muss ich eine Begebenheit schildern, die den (Mentalitäts-)Unterschied zwischen zwei Nationen deutlich macht. Rechts von mir schläft eine englische Kollegin ungeniert an ihrem Schreibtisch. Zwei Pärchen nähern sich. Ich höre den mitleidigen Dialog: „Ach, die Arme!" – „Sie muss wohl sehr müde sein." – „Sie soll sich ausruhen." – „Kommen wir in einer Stunde wieder." Hallo, ich hör wohl nicht richtig!?! Passiert das einer deutschen Kollegin, bekommt sie von ihren Landsleuten sinngemäß einen kräftigen Tritt in den Arsch (Hintern). Pennen im Dienst geht gar nicht. Such a shame ...

Kapitel 38

Im Bilde

(Fotos & Faksimile)

IM LAUFE DER JAHRE

Als Zweijährige macht Astrid mit dem „Zirkus Williams" in Schweden Station

Mädchen für alles! Ein Zirkuskind muss flexibel sein – Astrid als Spaßmacherin

Sommerferien bei den Eltern im „Zirkus Belli": Astrid (8 Jahre) wird als Akrobatin ausgebildet

Erste Saison, erste Dienstkleidung (1977): Astrid (vorne links stehend) in Dubrovnik

Trotz übergestreifter „Uniform": Stets mit viel Spaß & einem Lächeln im Gesicht bei der Arbeit (PS: Unsere Uniformen hat der bekannte deutsche Modedesigner Guido Maria Kretschmer entworfen)

Schreibend am Schreibtisch: Ist der Andrang noch so groß – sie weiß immer – was ist los ...

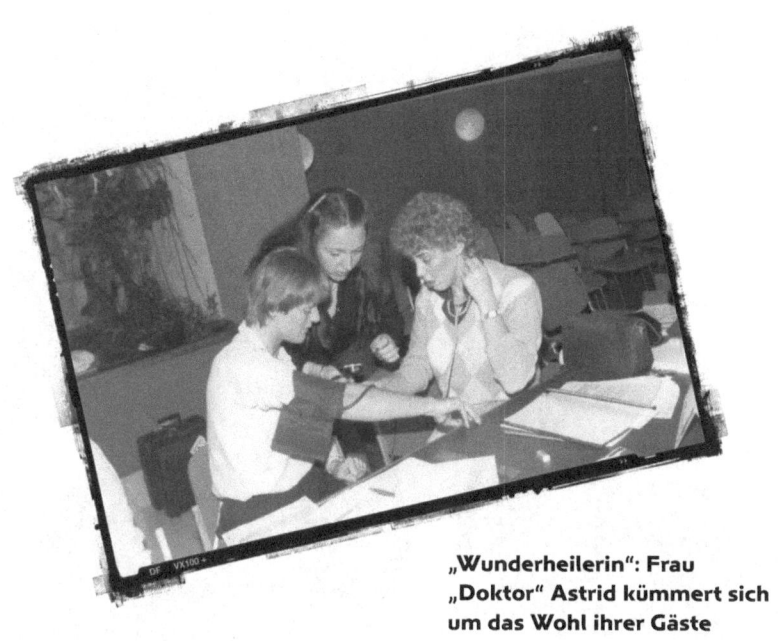

„Wunderheilerin": Frau
„Doktor" Astrid kümmert sich
um das Wohl ihrer Gäste

NECKERFRAU & NECKERMANN:
Astrid und Ronni als eingespieltes
Duo (1999)

Zirkuskind „Klein-Astrid"
beim Spielen mit ihrem
großen Kätzchen,
dem Gepard Namir

Astrid als Amazone: In der
Stierkampf-Arena von Muro wird
sie als „Einreiterin" zum „Matador" ...

Größer, höher,
elefantös:
Rüsseltiere
(gemeinsam mit
Pferden & Hunden)
sind Astrids
Lieblingstiere

**Zum Wiehern:
Nach einem
„Tornado" bringt
Astrid ein Ross
an der Rezeption
in Sicherheit**

**Zwei Lieblinge:
Ehemann Hans
und Stute Piroschka
(Reiterhof Austria
bei Ca'n Picafort)**

**Ein Pferderücken
kann Astrid
immer wieder aufs
Neue entzücken:
Friesenhengst
Tjarke**

ASTRID SEI DANK!

Thomas Cook Service AG
Paseo Mallorca, 11 entresuelo
E-07011 Palma de Mallorca
Spain

To	**Frau Astrid Schelfhout**	From	Harald Oberkirch
			Resident Manager PMI
Company		Tel	0034 971 788255
CC		Fax	0034 971 457652
Fax		e-mail	pmi-oberkirch.sag@thomascookag.com
Date	09/08/2001	Pages incl.	1

Subject Ihre Initiative während des Streiks

Liebe Frau Schelfhout,

zwar etwas spät, doch unvergessen, ist mir Ihre Kreativität während der Streiktage. Sie haben kurzerhand Linienbusse angemietet und damit eine grössere Anzahl von unseren Gästen sicher und kostengünstig nach Palma dirigiert.

Hierfür ein herzliches Dankeschön, verbunden damit eine Prämie von Pts. 10.000, die Sie sich mit diesem Schreiben bei unserer Buchhaltung auszahlen lassen können.

Mit herzlichen Grüssen

Ihr

Harald Oberkirch

NUR
TOURISTIC SERVICE

Frau
Astrid Schelfhout

Palma de Mallorca, den 6. September 1995

Sehr geehrte Frau Schelfhout,

Sie haben bei unserem **Son Amar-Verkaufswettbewerb** im Monat August den

1. Platz

belegt.

Die versprochene Praemie von **Pts. 15. 000,-** finden Sie anbei.

Wir danken Ihnen fuer Ihren Einsatz und sind ueberzeugt, dass dieser Erfolg Sie auch zukuenftig anspornen wird.

Mit freundlichen Gruessen
Ihr

Harald Oberkirch   Marleen Van Assche   Markus Furth

NUR TOURISTIC GMBH
Hochhaus am Baseler Platz
Postfach 1113 43
6000 Frankfurt 11
Telefon: (0611) 26 90-0
Telex: 415 297-0 ntd
Telegramm-Adresse:
NURTOUR

Neckermann Reisen
Gut Reisen
Club 28 Reisen
Club Aldiana
Terramar Reisen

Fräulein
Astrid Schelfhout

23. März 1983
GR/sc/js13

Sehr geehrtes Fräulein Schelfhout,

nachdem nun, wie es scheint, die letzten "Schwalben" den Süden
verlassen haben und Sie die Schwalbennester sommerfest gemacht
haben, möchte ich es nicht versäumen, mich für Ihre Arbeit und
Ihren Einsatz in dem abgelaufenen Winter zu bedanken.

Ich glaube, daß es mit zu den schwierigsten Aufgaben gehört,
die wir einem Reiseleiter zuteilen können, die älteren Menschen in unseren Clubstationen zu betreuen. Die seelische und
nervliche Belastung, die im Umgang mit älteren Menschen entsteht, ist aus meiner Sicht nicht unerheblich. Da, wie Sie
wissen, der Club Schwalbe für NUR TOURISTIC ein wichtiger Bestandteil der Gesamtpalette darstellt, ist es umso wichtiger,
daß die Mitarbeiter, die die Verantwortung für die jeweiligen
Stationen tragen, ihre Aufgaben so lösen, wie Sie das im abgelaufenen Winter getan haben. Ich weiß sehr wohl, daß Sie in
der einen oder anderen Station noch unter zusätzlichen erschwe-
renden Bedingungen gearbeitet haben. Ich weiß auch, daß Sie es
mit Ihrer Dienstzeit nicht so genau genommen haben, sondern
daß Sie so manche Stunde, die im Normalfall Ihre Freizeit gewesen wäre, für Ihre Gäste geopfert haben.

Ich möchte mich deshalb bei Ihnen nochmals für Ihren Einsatz,
für Ihr Engagement und für die gute Leistung sehr herzlich bei
Ihnen bedanken.

Mit freundlichen Grüßen
NUR TOURISTIC GMBH
Bereich Außendienst

Norbert Gratzel

Aufsichtsrat: Karl Lötschet (Vorsitzender); Geschäftsführer: Hermann N. Kratz, Dr. Dieter Mussler, Rudolf A. Pagnia;   Commerzbank AG, Frankfurt/Main, Kto. Nr. 5804000, (BLZ 500 40000), Deutsche Bank AG, Frankfurt/
Sitz: Frankfurt am Main; Registergericht und Handelsregister-Nr.: Amtsgericht Frankfurt am Main HRB 13068;   Main, Fil. Flughafen, Kto. Nr. 2028728, (BLZ 500 70010); Hessische Landesbank, Frankfurt/ Main, Konto
Bankverbindungen: BfG, Bank für Gemeinwirtschaft, Frankfurt/Main, Kto. Nr. 10581140, (BLZ 50010111);   Nr. 20420006, (BLZ 500 50000); Postscheckkonto, Frankfurt/Main, Nr. 9323-607, (BLZ 50010060);
BHF-Bank, Berliner Handels- und Frankfurter Bank, Frankfurt/Main, Kto. Nr. 050542, (BLZ 500 20200);   Postscheckkonto, Frankfurt/Main, Nr. 47800-609/Kundeneinzahlungen).

138

Original H. Kratz
28.05.89 [handwritten]

28 MAI 1989 [stamp]

An die
Geschäftsleitung der
NUR Touristic Service GmbH
Postfach 11 13 43

X	Zur Info CRL
X	Zur Info RI.
	Stellungnahme erbeten von
	Betr. welchen RL?

SCHELFHOUT RS

6000 Frankfurt/Main 11

(per co-mail) ATI
14/06/89

Reiseauftrags-Nummer: 28534o35 26o4 11
Reise vom 26.4. - 17.5.89 nach Can Picafort/Mallorca
Hotel Gran Vista

Sehr geehrte Damen und Herren,

hiermit möchte ich Ihnen ein ganz großes Lob auf eine
Ihrer Reiseleiterinnen übermitteln, und zwar handelt
es sich um Frau Astrid Schelfhout. Es ist wirklich eine
einmalige Frau. Hilfsbereit, entgegenkommend, zuvorkommend
und weist außerdem eine sehr große Intelligenz auf. Hiervon
müßten Sie wirklich mehr Reiseleiterinnen haben, was leider
nicht der Fall ist.

Leider habe ich Frau Astrid Schelfhout nur eine Woche
genießen können, d.h. davon profitieren können, da Frau
Astrid Schelfhout nach Alcudia in ein anderes Hotel
versetzt wurde.

Das Organisationstalent ist von niemanden zu übertreffen.
Es klappt alles rundherum.

Ich kann mir denken, daß Sie sich über diese Zeilen
freuen werden.

Mit freundlichen Grüßen

E. Belenore [signature]

Frau Schelfhout.
Vielen Dank.

Kapitel 39

Supermarkt „all inclusive"

Die sogenannten „All inclusive Hotels" sind bei Touristen – nicht nur auf Mallorca – sehr beliebt (gewesen). Das heißt, die Urlauber bekommen ein Plastikbändchen um das Handgelenk gewickelt. Jeweils in der Farbe des betreffenden Hotels. Damit dürfen die Hausgäste dann den ganzen Tag innerhalb der Hotelanlage essen und trinken, so viel sie möchten. Frühstück, Mittag- und Abendessen sowieso. Dazu noch alles für zwischendurch, möglichst ohne Stehzeiten und Leerlauf: Kaffee/Tee und Torte/Kuchen. Vormittags und nachmittags. Snacks. Suppen. Salate. Eis und Limonade. Mitternachtsimbiss. Alkohol gratis bis zum Umfallen. Mancherorts bis 22/23 Uhr, woanders sogar bis 24 Uhr. Selten rund um die Uhr. Allerdings mit doch einer Einschränkung: Ausgeschenkt werden nur einheimische Marken. Hochprozentiges aus dem Ausland wird gesondert verrechnet. Plötzlich erweisen sich etliche Schluckspechte als geizig und beschweren sich wegen des „Aufpreises" bei mir. Ein ebenfalls oft gehörter Kritikpunkt: Die ganz Unverschämten verlangen auch noch Kristallgläser statt Plastikbecher. Saudumm, aber sei's drum.

Einige Hoteliers auf der Insel haben „abgespeckt" und diese „Abfüll-Variante" an Fressen und Saufen aus ihrem Programm rausgeschmissen. Die Rückkehr zur selbst verordneten „Diät" beruht vermehrt auf einer normalen Halbpension-Basis. IBEROSTAR, eine der größten Hotel-Ketten auf Mallorca, hat selbst die sogenannten „Pick-nick-Pakete" gecancelt. Es werden keine Lebensmittel mehr für Ausflüge „herausgegeben". Das Gesundheitsamt ist strikt dagegen. Faule Eier, verdorbenes Obst, halbes Huhn (Hähnchen) in der Sonne gebraten – lauter Krank-macher. Das Gegenteil von gesunder Ernährung. Drei Viertel der „Picknick-Körbe" sind sowieso verschwunden: in den Bäuchen von Hunden, Katzen, Ziegen, Schafen und Pferden. Die restlichen „Esel" haben das Essen di-rekt im Müll deponiert.

Das „Beinahe-Rund-um-die-Uhr-Angebot" führt je-denfalls dazu, dass viele Menschen die Hotelanlage gar nicht mehr verlassen, was ich sehr schade finde. Sie buchen prinzipiell keine Ausflüge, um Land & Leu-te zu erkunden. Wenn diese „spezielle Spezies" einen Fuß vor die Hotelanlage setzt, dann nur um in den ört-lichen Supermarkt zu pilgern. Gewissen Touristen – zu einem Großteil Engländer, aber auch Deutsche – ist „all inclusive" nämlich nicht genug. Im Laden angekommen, packen sie die Einkaufswägen über den Zenit voll. Die Briten sind Spezialisten: Sie schlichten Liter von Alko-hol auf engstem Raum, ohne dass auch nur ein einziger Millimeter – sprich Tropfen oder Hopfen – verloren geht. Dann schieben sie ihre (Flaschen)Ware Richtung Kassa. Dort angekommen, geben sie keinen Ton von sich, gehen schnurstracks weiter und machen dabei alle ausnahmslos die gleiche Handbewegung: Sie strecken ihren Arm mit dem Plastikbändchen aus, um zu signalisieren: „Seht her, ich bin all inclusive!" Ein folgenschwerer, fataler Fehler. Die „All-inclusive-Hamster" sind dann tierisch von den Socken, wenn die Kassiererin dem Einkaufswahn ein jähes Ende bereitet: „Sorry, das Plastikbändchen gilt bei uns nicht. Wir sind ein Supermarkt und gehören nicht zu ihrem Hotel. Hier müssen Sie extra zahlen." Die Wörter „extra" und „zahlen" lösen stets die gleichen drei Reaktionen aus. Erstens: Einkaufswagen reflexartig los- und stehen lassen. Zweitens: Auf Kommando stinksauer sein. Drittens: Wort- und grußlos abrauschen. Alternativ sind in gar nicht so wenig Ausnahmefällen beim Abgang sieben Buchstaben zu hören: „Fuck you!"

Stichwort abrauschen. Apropos Rausch. Das hat dann oft zur Folge, dass im Hotel noch mehr gesoffen wird als ohnehin schon. Ein Frustschluck in Ehren kann „all inclusive" nicht verwehren ...

Kapitel 40

Paella im Nutella-Glas

Ich sitze wieder einmal im Büro, die Tür geht auf, Besuch! Besuch von zwei jungen Müttern mit ihren Babys im Buggy. „Hallo, was kann ich für euch tun?", frage ich freundlich. Wortlos stellt mir die eine Mama ein Nutella-Glas auf den Schreibtisch und zeigt auf den Inhalt. Auf den ersten Blick erkenne ich Reste von Nutella. Beim zweiten Hinsehen tippe ich auf Reis. Safranreis. Bei noch näherer Betrachtung orte ich Fleisch, grüne Bohnen und roten Paprika. Nach ein paar Mal Drehen und Wenden des Glases springt mir auch noch eine Muschel ins Auge. Messerscharf schließe ich: Beim bunten Mix kann es sich – abgesehen von den Nutella-Resten – nur um das spanische Nationalgericht PAELLA handeln. „Es gibt rund 200 verschiedene Paella-Varianten", versuche ich den beiden Müttern das Gericht schmackhaft zu machen. Mahlzeit, schmeckt doch normalerweise sehr lecker.

Quasi als „Nachspeise" tischt mir die „Nutella-Glas-Mama" folgendes auf: „Es ist eine Unverschämtheit, uns so einen undefinierbaren Fraß vorzusetzen. Das sind wir nicht gewohnt. Das sieht so aus, als hätte der Koch die Reste der ganzen Woche zusammen geschmissen!" – „Das stimmt", entgegne ich angefressen. „Früher war Paella ein Arme-Leute-Essen aus den wöchentlichen Überbleibseln, heute ist dieses Gericht eine Delikatesse. Wie zu Hause ein Eintopf!" Minutenlang muss ich mir dann in Folge einen Vortrag über die „ach so gute deutsche Küche" anhören. Pfui Deibel, mir wird übel. – „Was der

Bauer nicht kennt, frisst er nicht", fällt mir spontan dazu ein. Der Appetit ist mir jedenfalls gründlich vergangen. Ich war sofort satt. Beschwerden sind ja mein tägliches Brot. Aber dabei hat es mir den Magen umgedreht. Noch dazu als ich bemerke, dass die lieben Kundinnen in einer „Ein-Sterne-Pension" abgestiegen sind. Damit schießen die Damen wohl den Vogel ab. Was haben sie dort erwartet? Ein Fünf-Hauben-Menü (Fünf-Sterne-Menü)?

„Hungrig" warten die „Aasgeier" schon auf eine weitere Stellungnahme – bitte sehr: „Paella ist eine sehr beliebte landesübliche Speise mit feinsten Zutaten. Eine echte Spezialität!" Ich habe mir den Mund wässrig geredet, konnte die verwöhnten Gaumen aber in keiner Art und Weise von der örtlichen kulinarischen Köstlichkeit überzeugen. Überflüssig! Ich starte einen letzten Versuch: „Gegenüber von unserem Büro ist ein Buchladen. Da kaufen sie sich am besten ein spanisches Kochbuch. Da können sie die Hauptbestandteile einer Paella nachlesen!" Caramba!!!

Der gute Geschmack hörte sich endgültig auf, als Wochen später ein Brief auf meinen Schreibtisch flatterte. Der derbe Inhalt: Die „dämlichen Feinspitze" haben tatsächlich Klage eingereicht! Gegen alle guten Sitten und gegen das exzellente Essen. Zum Kotzen. Und es wird noch geschmackloser. Absender: Das Sozialamt in Bremen! Warum das? Weil sich das spitzfindige „Schmarotzer-Duo" – samt Babys und Buggys – die gesamte Reise auch noch vom Sozialstaat Deutschland bezahlen ließ. Der Gipfel der Geschmacklosigkeit!

PS: Die Suppe mussten die Kostverächterinnen letztendlich aber selber auslöffeln: Die „Nutella-Paella-Klage" wurde glasklar abgewiesen!

Bei der „Blindenpaella"
wird alles ausgelöst:
Muscheln ohne Schale.
Huhn ohne Knochen.
Die „Einheimischen-Lokale"
verrechnen für
die „Mehrarbeit"
einen Euro als Aufpreis.

ASTRIDS ANMERKUNG

„Wenn ich keine Lust habe, mir meine Finger schmutzig zu machen, bestelle ich auch „PAELLA CIEGA". Das ist keine Schande. Nur zu, trauen Sie sich!"

Kapitel 41

Astrids Anmerkung

In Spanien gibt es eine so genannte „PAELLA CIEGA",
wörtlich übersetzt eine „Blindenpaella". Das heißt, alles
ist ausgelöst: Gambas, Shrimps, Muscheln ohne Schale.
Fleisch beziehungsweise Huhn/Kaninchen ohne Knochen.
Fisch ohne Gräten. In den „Einheimischen-Lokalen" ist
es üblich, für die „Mehrarbeit" einen Euro als Aufpreis
zu verrechnen. Wenn ich keine Lust habe, mir meine
Finger schmutzig zu machen, bestelle ich auch „PAELLA
CIEGA". Das ist keine Schande, dafür muss sich niemand
genieren. Nur zu, trauen Sie sich als Tourist!

Wer Paella essen möchte, dem rate ich unbedingt, ein
landesübliches Restaurant aufzusuchen. Es gibt ja auch
„ausländische Lokale" auf Mallorca – deutsche, holländische, österreichische etc. Paella schreit aber nach einem
Spanier! Da brauchst du Fingerspitzengefühl, die richtigen Gewürze und die perfekte Mischung. Eben alle
kleinen Finessen, die andere Köche gar nicht auf ihrer
Schürze haben. Die Zutaten müssen das perfekte Gleich-
gewicht aufweisen. Nichts darf überwiegen. Der Reis ist
natürlich ein wesentliches Element. Viele „Unkundige"
machen folgenden Fehler: sie setzen auf hochwertigen
Langkornreis. Völlig falsch! Für „echte" Paella sind kurze
Reiskörner Pflicht, weil die ganz anders die Flüssigkeit
aufsaugen. Bei Pasta heißt es „al dente". Richtig ist es,

wenn der Reis den gewissen Biss hat – nicht hart, aber knackig –, auf keinen Fall darf er matschig schmecken. Ebenfalls extrem wichtig: BESTER SAFRAN! Das macht den Unterschied zu den billigen Lokalen aus, die mit Lebensmittelfarbe arbeiten. Irgendein gelbes Pulver ist halt nur Chemie!

Wie bereitet die Hausfrau hinter dem Herd ihre Knödel zu? Die eine so, die andere so. Genauso ist es mit der Paella. Ein bisschen mehr dies, ein wenig mehr das. Daher gibt es – um eine Zahl zu nennen – 200 (!) verschiedene Rezepte!

Die Paella hat ihren Ursprung in der spanischen Festlandstadt Valencia. „PAELLA VALENCIANA" ist eine der berühmtesten. Mit Sicherheit gibt es regionale Abwandlungen. Auf Ibiza schwimmt die Paella zum Beispiel noch in der Brühe. Sie ist total flüssig, sieht völlig abartig aus und riecht wie ein offener Kanaldeckel. Sorry, nichts für mich.

Auf Mallorca wird eine Reispaella oder eine Nudelpaella (kleine Makkaroni) angeboten, die heißt PAELLA FIDEUÀ. Ist der Reis noch schwarz wie ein Tintenfisch eingefärbt, nennt sich das PAELLA ARRÒS NEGRE.

Kapitel 42

Öffentlicher Ofen und Wohnen am Strand!

Es war einmal eine alte Oma, wohnhaft in Muro. Sie hatte keine Nachkommen. Und als sie eines Tages ihr Testament machte, vererbte sie der Gemeinde etwas sehr Kostbares: ihr Grundstück, rund zehn Kilometer entfernt, direkt am Strand! Allerdings unter einer Bedingung: Die Einheimischen aus Muro sollen das Recht haben, am Meer zu „logieren". Im Klartext: Die BewohnerInnen durften ein Wochenend-Sommerhäuschen auf 99 Jahre pachten. Diese sogenannten SES CASETES DE CAPELLANS stehen direkt am Anfang von Ca'n Picafort zwischen dem ersten Kreisverkehr und dem Strand.

Und noch etwas macht Muro ganz besonders und einzigartig. Die Gemeinde stellt für ihre „Schäfchen" einen „öffentlichen Ofen" zur Verfügung. Wo jede ansässige Frau (oder jedermann) backen darf. Sei es Kuchen oder die wohlschmeckende Spezialität der Gegend namens COCA MALLORQUINA (= mallorquinische Gemüsepizza, die rechteckig serviert wird). Einfach anstellen, rein ins Feuer, ein gemütlicher Tratsch und die (der) Nächste bitte. Gelebtes, lebendiges Dorfleben …

Auf der anderen Seite des „öffentlichen Ofens" steht eine kleine weiße Kapelle (Capellans), wo am Samstagabend oder Sonntag früh immer die Messe gelesen wird. Quasi als Dankbarkeit für Speis und Trank …

Kapitel 43

Eine Stimme
zum Verlieben

Das Inselradio gibt es gefühlt schon eine Ewigkeit. Gegründet 1996 vom Immobilienhändler Matthias Kühn & Partner in Palma. Ich lenke meinen Dienstwagen von Alcudia nach Ca'n Picafort. Wenn ich im Auto sitze, bin ich immer auf dieser Welle. Es läuft gerade eine Quizsendung. Die Aufgabenstellung lautet: „Was Sie unbedingt auf Mallorca gesehen haben müssen, bevor Sie nach Hause fliegen! Geben Sie uns den perfekten Inseltipp!" Natürlich mein Spezialgebiet. Da lasse ich mich nicht zweimal bitten. Ich zögere keine Sekunde, wähle die soeben durchgesagte Telefonnummer und rufe beim Inselsender an. „Oh Schreck", tatsächlich meldet sich am anderen Ende der Leitung eine Stimme. Brav habe ich mich und meine Idee vorgestellt. „Moment, wir stellen Sie durch ins Studio", lautet das Radio-Kommando. Das Durchstellen hat allerdings nicht gleich funktioniert. „Wir rufen Sie zurück", werde ich vertröstet. „Okay, ich sitze im Auto, dann bin ich im Hotel!" Und tatsächlich. Wenig später klingelt mein Telefon. Am Apparat ein gewisser Till Meyer, jener Radio-Mann, der gerade live Programm macht. Dieser legendäre Till Meyer „ON AIR". Ich gebe ihm also meinen Tipp: Die Halbinsel Formentor besuchen. Das Besondere daran: Keinesfalls tagsüber, sondern erst am Abend, um den Sonnenuntergang in romantischer Stimmung zu genießen. Mit einem perfekten Picknick: Brot, Oliven, Käse, dazu eine Flasche Sekt. Romantik pur, wenn hinter dem westlichen Gebirge die Sonne runterrutscht.

Plötzlich sagt Till Meyer: „Mensch Astrid, du hast so eine tolle Stimme, ich könnte mich direkt in sie verlieben!" Ich verstand das als gewisse Aufforderung. „Naja", antworte ich. „Ich habe früher schon öfter mal für das Radio gearbeitet. Die Saison dauert noch ein Monat. Ich kann ja dann mal im Winter zu dir ins Studio kommen. Machen wir etwas gemeinsam!" Abgemacht.

„Hallo Till", schreibe ich ihm wie vereinbart vier Wochen später eine Mail. „Ich sollte mich bei dir melden. Du hast dich in meine Stimme verliebt!" Seine Antwort: „Es tut mir außerordentlich leid, aber du hast das alles ein bisschen missverstanden. Ich bin nicht an einer Beziehung mit dir interessiert." Zusammengefasst: Er wolle nix von mir wissen!!! Meine Replik an ihn: „Du müsstest mich jetzt lachen hören. Ich will von dir auch nix wissen. Du könntest mein Sohn sein ..."

Auf alle Fälle hat unmittelbar nach der Sendung mein Handy nicht mehr aufgehört zu klingeln. Eine Kollegin rief mich an: „Bist du wahnsinnig?" – „Wieso?" – „Ich bin vor Schreck fast aus dem Auto gefallen, als ich deine Stimme gehört habe!" Eine Stimme zum Verlieben oder so ...

Kapitel 44

Keine wahre Liebe:
Als ich einen Gast vor mir knien ließ

Das habe ich meinem Chef nie erzählt und auf die Nase gebunden: Ich zwang einen Gast in die Knie! Ja, ich stehe dazu: Ich ließ ihn vor mir knien.

Ein kleiner Knirps, ein Dreikäsehoch, vielleicht gerade mal drei Jahre alt, streifte täglich durch das Hotel Gran Vista. Mutterseelenalleine. Er (ver)lief (sich) sogar bis in den Garten. Die elternlosen Alleingänge endeten jedes Mal an der Rezeption oder irgendwo auf dem Flur (Gang). Heulend und brüllend wie am Spieß, stand das arme Kind dann da. Für alle Beteiligten eine Zumutung. Der verlorene Sohn hat einfach nicht mehr nach Hause, sprich in sein Hotelzimmer, gefunden. Wie auch!?! Alle Türen sehen gleich aus. Mit der Zimmernummer konnte der Winzling natürlich noch nichts anfangen. Der „Quengel-Bengel" verlor stets die Orientierung. Logisch. Er ging auch nicht mit jedem mit. Ließ sich nicht von x-beliebigen Fremden an der Hand nehmen. Riss sich los und tobte noch heftiger. Zu mir fasste der Junge Vertrauen. Unzählige Male lieferte ich den „verwirrten Verirrten" bei seinen Eltern ab. Oft mehrmals am Tag: Retour an den Absender. Seine Streifzüge waren noch dazu gefährlich. Der Hotel-Pool lauerte und lockte. Nicht auszudenken, wenn …

Sämtliche Standpauken an die Eltern verliefen ungehört. Im Gegenteil, ich musste mir noch etwas anhören: „Das ist unser Kind. Das geht Sie nichts an!" Ich schluckte. Viele Gäste beschwerten sich bereits über die wandelnde „Heulsuse". Der Abgesang des „Findelkindes" weckte die

Leute regelmäßig aus ihrem Mittagsschlaf und trommelte das ganze Haus zusammen. Jetzt hatte ich es gestrichen voll. Höchste Zeit, den verantwortungsvollen Eltern meine Meinung zu geigen. Bevor die ständigen Rückholaktionen zur Gewohnheit wurden, platzte mir der Kragen und ich „fiedelte" los, wie mir der Schnabel gewachsen war: „Mund halten und mitkommen!" Einen Stock tiefer. Dort kam ich so richtig in die Gänge: „Jetzt gehen Sie auf die Knie. Sofort. Dalli. Runter!" Und weiter mit der Kopfwäsche: „Machen Sie sich klein. Kleiner. Noch kleiner! Hintern auf den Boden." Ich habe den „Rabenvater" quasi mit dem Arsch darauf gestoßen: Mit Kinderaugen betrachtet, sieht die Welt gleich ganz anders aus. Seinen Blick hätten Sie sehen sollen. Verdattert, verdutzt, verblüfft. Endlich ging dem Erziehungsberechtigten ein Licht auf. Berechtigt. Reine Erziehungssache. Papa hat den Kniefall kapiert. Das „Runtermachen" erwies sich als höchst richtige Entscheidung.

Sorry, Chef. Das über Jahrzehnte lang bestgehütete „Betriebs-Geheimnis" ist keines mehr. Entschuldigung für meine dienstliche Verfehlung. Zu meiner Verteidigung muss ich sagen, sie hat sich als Volltreffer entpuppt: Es war echt das einzige Mal, dass ich einen Gast erniedrigt habe ...

Kapitel 45

Bombenalarm mit „NASA-Männchen"

Bei dieser Story ging es hoch her. Es war ein Freitag. Ich hatte die ständigen Videobänder aus der Heimat satt. Ich wollte endlich deutsches Fernsehen. Das Spanische war mir zu schlecht. Und so kam mir spontan die Idee, eine Satellitenschüssel zu kaufen. Heute, jetzt, sofort. In der Sekunde. Und das unter Zeitdruck. Um 21 Uhr flimmerte „Peter Steiners Theaterstadl." Das durfte ich nicht versäumen. Ab zu Nadal ins Geschäft. Der hat sich zuerst geweigert, gleich alles zu liefern und anzuschließen. Ich habe ihn überredet. Er installiert. Alles funktioniert. Pünktlich. Zehn Minuten vor Sendebeginn. Ich bin glücklich. Bis das Telefon läutet. Festnetz, Handy gab's noch nicht. Am Apparat: Barbara, die Besitzerin vom Hotel Baulo Pins: „Astrid, bitte komm schnell. Ich habe einen verrückten Gast, der hat eine Bombe dabei." – „Barbara, bitte?!?!?" – „Nein, der meint es ernst. Er hat gedroht, alles in die Luft fliegen zu lassen."

Mein geplanter Fernsehabend löst sich soeben ebenfalls in Luft auf. Ich informiere meinen Mann: „Hans, du darfst alleine schauen. Ich muss eine Bombe entschärfen."

Ich rase Richtung Hotel. Rein zur Rezeption. An der Theke steht eine schwarze Reisetasche. Barbara, die Besitzerin, sieht ebenso schwarz und prophezeit mit dunkler Miene: „Da ist die Bombe drinnen." Das ganze Personal hat sich bereits verschanzt: hinter Türen, Fenstern, in Ecken und Nischen. „Wo ist der Gast?", frage ich. – „In seinem Zimmer im ersten Stock." Ich hetze rauf, klopfe an. Er lässt mich tatsächlich zu sich rein. „Es stimmt. Unten in der Reisetasche befindet sich eine Bombe", bestätigt er. Nachsatz: „Ich kann aber nix dafür!" – „Das müssen Sie mir erklären", fordere ich ihn auf. – „Ich habe eine Eisenplatte hier in meiner Hand", führt er aus. Er öffnet seine Handfläche. Da ist aber nichts zu sehen und zu erkennen. Er fährt fort: „In dieser Eisenplatte sitzen NASA-Männchen." Auch diese kann ich nirgendwo entdecken. Dann deutet er auf eine Leuchte im Zimmer. „Ein Sender. Aus dieser Lampe erhalte ich meine Befehle." Völlig verrückt. Totale Trottelei. Komplett komisch. Der Typ ist irre. Nicht bei Sinnen. Redet nur wirres Zeug. Ich rede auf ihn ein und versuche zu beruhigen. Wieder runter zur Bombe. Lokalaugenschein. „Wir brauchen einen Doktor und die Clínica mental, das Irrenhaus", rufe ich Barbara zu. Kreidebleich schlägt sie weiter düstere Töne an: „Was ist mit der Tasche?" Ich versuche, Licht ins Dunkel zu bringen: „Ich wette mit dir, dass da dreckige Socken und Unterhosen drin sind." Während ich mich daran mache, die „(Stink)Bombe" platzen zu lassen, zuckt das Personal zusammen und geht erneut in Deckung. Mittlerweile ist die Polizei im Haus. Oder besser gesagt, sie postiert sich vorsichtig vor dem Hotel. Lauter Hosenscheißer. Ich kannte sie ja alle. Keiner hat sich reingetraut. „Kinder, ihr könnt kommen", gebe ich Entwarnung. „Die Bombe besteht lediglich aus Unterhosen und Socken." Ich habe den Braten förmlich „gerochen". Bleibt noch der Mann über, der nicht richtig „tickt". „Sie kriegen ein anderes Hotel. Ohne Lampe und NASA-Männchen.

Bombensicher. Da können Sie zur Ruhe kommen und sich entspannen", schlage ich ihm vor. Gemeinsam haben wir dann seine restlichen Unterhosen und verbleibenden „Siebensachen" gepackt. Widerstandslos hat er sich festnehmen lassen und ist mit „Sack und Pack" in den alten Ambulanzwagen gestiegen. Ab ins Irrenhaus.

Acht Uhr morgens am nächsten Tag. Das Telefon klingelt. Erneut Barbara: „Astrid, bitte komm schnell. Der verrückte Gast steht wieder da." Der „Attentäter" ist aus der Klapsmühle getürmt. Rein ins Taxi, raus zum gebuchten Hotel Baulo Pins: „Das andere Hotel hat mir nicht gefallen", begründet er seine „Hals-über-Kopf-Flucht" zurück ins gemachte Bett. Vom ganzen Alarm um seine Person hat er Null mitgekriegt. Der irre Bombenleger entpuppt sich als armer Kerl. Ein Telefonat mit seiner Ehefrau hat die prekäre Sachlage endgültig entschärft. „Oh je, da hat er seine Medikamente wohl nicht eingenommen", klärt die Gattin auf. Nichts fliegt auf, sondern er fliegt heim.

Drei Wochen später taucht eine Dame in meiner Sprechstunde auf. „Danke, dass Sie sich so rührend um meinen Mann gekümmert haben." – Ich stehe auf der Leitung. Mir fehlt der Draht. – „Na, der mit der Bombe." Die gute Frau erzählt von den Fehlschaltungen in seinem Kopf: „Wir haben ein Elektrogeschäft. Alles, was quer durch das Hirn schießt, löst so etwas bei meinem Mann aus. Deswegen auch die Lampe als Sender." Geistige Funkstille. Erst jetzt geht mir ein Licht auf. Die Socken und Unterhosen als Fehlzünder. Gott sei Dank, nichts ist mehr hochexplosiv. Alles in Ordnung. Der, der so viel

Sprengstoff geliefert hat, hat wieder Boden unter den Füßen: „Mein Mann nimmt wieder die richtige Dosis. Herzliche Grüße." Lieb, einfach „bombig" ...

Kapitel 46

Teurer Wurf:
Totalschaden

Sangria, Sommer, Sonne, Hitze. „Überhitzte" Gäste. Da kommt es schon mal vor, dass Leute auszucken (ausflippen). Wenn zu all diesen Faktoren auch noch Medikamente eine Rolle spielen: Mein lieber Schwan, dann geht nach ein paar Tagen alles tierisch schief. Ich hatte mal so einen Gast. Auf den prasselte sämtliches Übel gleichzeitig ein. Nennen wir es pauschal „Urlaubsdepression". Die Depression verwandelte sich in Aggression.

Hotel Janeiro. Dritter Stock. Zimmer straßenseitig. Auf einmal konnte er sich nicht mehr sehen. Ich meine im Spiegel. Alle Spiegel waren dem Gast plötzlich ein Dorn im Auge. Schöne, große, alte Spiegel mit dunkelbraunen Holzrahmen. Kurzschluss. Filmriss. Langer Rede, teurer Wurf: Er hat alle Spiegel abmontiert, ist auf den Balkon gerannt und donnerte sie vom dritten Stock runter. Volltreffer: Landung auf einem Mietauto. Totalschaden. Kein schönes Spiegelbild …

Kapitel 47

Oje, das Gepäck ist weg!
Wer ist jetzt der Koffer?

Ist Ihnen auch schon mal das Gepäck abhandengekommen? Sie werden nicht glauben, aus welchen Gründen das passiert. Hier ein paar Anschauungsbeispiele aus der Praxis, damit Ihre Koffer in Zukunft nicht mehr verloren gehen.

Ich frage mich oft: Nicht wo, sondern wer ist jetzt der Koffer? Ja, wirklich! Sachen gibt's, die gibt's gar nicht! Es trug sich in Cala Rajada zu. Die „Rochenbucht" ist ein Ortsteil der Gemeinde Capdepera. Eine zerklüftete Felslandschaft mit vielen kleinen Badebuchten. In der Umgebung befinden sich drei größere Strände: Cala Agulla, Cala Son Moll und Cala Gat. Ich will damit nur sagen: Das Wasser spielt eine wichtige Rolle. Und Rollen kommen ebenfalls vor. Die Hauptrolle spielt ein Rollenkoffer. Und zwar einer mit gleich vier Rollen. Damals eine absolute Rarität. Es gab zu dieser Zeit maximal zwei Rollen. Zum Ziehen. Eine Geschichte zum Zerkugeln jedenfalls.

Also: Cala Rajada. Ein winziges Gässchen. Eine Sackgasse. Der Bus fährt rückwärts Richtung Hotel, um die Gäste abzuholen. Heimreise. Ab geht's Richtung Flughafen. Der Busfahrer, ein schon älterer erfahrener Mann, öffnet die Kofferklappe. Einst noch händisch und nicht automatisch wie heutzutage. Koffer um Koffer wird abgestellt. Fein säuberlich gereiht. Alles fertig zum Verladen. Mittendrin eben dieser besagte Rollenkoffer. Der Busfahrer legt ausgerechnet jenes Gepäckstück flach auf den Boden. Und geht seelenruhig weiter seiner Tätigkeit, dem Einräumen, nach. Der Besitzer des Koffers zeigt sich irritiert. Kommentarlos richtet er sein gutes Stück wieder auf. Wenig später: Der Busfahrer „haut" den Rollenkoffer erneut um. Sekunden danach: Der Gast erhebt sein Ding abermals. Kurz darauf: Noch einmal wiederholt sich das Geschehen. Aller guten Dinge sind drei. Jetzt scheint der Busfahrer genug zu haben. Er lässt den Koffer im wahrsten Sinn des Wortes einfach stehen. Gäste haben schließlich immer Recht. Nach und nach finden alle zu verstauenden Teile den Weg in den Bus. Übrig bleibt – allein auf weiter Flur – der Rollenkoffer. Und siehe da: Er setzt sich auf der abschüssigen Straße plötzlich in Bewegung. Rollen rollen eben. Die vier Rollen nehmen rapid Fahrt und Geschwindigkeit auf. Der Gast bemerkt, dass etwas schiefläuft. Und setzt nach, hechelt nach, hechtet nach. Zu spät. Ende der Sackgasse. Kleine Felsen. Dann Wasser. Ein winziger Hupfer, ein bisschen ein größerer Satz und der Rollenkoffer „strandet" im Meer. Alle Lachen, nur einer nicht – der Koffer(besitzer). Weg war das Gepäck ...

Im verkehrten Flieger
auf die andere Insel!

Es gibt mehrere Möglichkeiten, warum Koffer nicht dort sind, wo sie sein sollen. Davon erzählen diese Zeilen. Es ist ein häufiges Übel. Gäste reservieren ihren Urlaub, wissen aber gar nicht, was sie gebucht haben. Ob Doppelzimmer extra oder Standard. Mit Balkon oder ohne. Meer- oder Poolblick. Wie ihre Urlaubsinsel heißt – nämlich Mallorca –, das kriegen die meisten gerade noch hin. Nicht mehr und nicht weniger. Ich hatte auch schon Leute auf der falschen Insel. Zum Beispiel ein Pärchen aus Frankfurt. Sie landeten zwar in Mallorca, aber ohne Gepäck. Weder ihres, noch seines. Das war nicht im Flieger. Irrtum ausgeschlossen. Verschwunden. Vermisstenanzeige. Fängt schon gut an.

Zweiter Schritt: „Bitte einsteigen in den Bus!" Zeit, für das übliche Transfergespräch: Begrüßung. Fahrzeit. In welcher Reihenfolge wir die Hotels anfahren. Bitte für die Rezeption Reisepass und Voucher bereithalten. Safe mieten für die Wertsachen, damit ja nichts passiert. Reine Routine. Ich schnappe mir also das Mikrofon: „Guten Tag, mein Name ist Astrid. Ich bin ihre Reiseleiterin. Herzlich Willkommen auf Mallorca." Nach drei Sätzen ist Schluss. Schon werde ich unterbrochen. Der junge Mann aus Frankfurt schreit auf: „Halt, halt. Was heißt denn hier herzlich Willkommen auf Mallorca? Wir sind doch

auf Gran Canaria!?!" – „Nein, wir sind auf den Balearen",
widerspreche ich. – „Aber das haben wir nicht gebucht!" –
„Ja, was machen Sie denn hier?" Ich bin verblüfft, aber
dann leuchtet mir ein: Kein Wunder, dass das Gepäck
futsch ist. Die „Frankfurter Würstchen" haben es doch
tatsächlich geschafft, zwar richtig einzuchecken, aber
sich in den falschen Flieger zu setzen. Alle Kontrollen
haben versagt. Scheinbar sind auch ihre Sitzplatzreser-
vierungen nicht „doppelt" belegt gewesen. Nicht einmal
die Flugzeit ist ihnen aufgefallen. Mallorca im Schnitt
zwei Stunden, Gran Canaria vier Stunden. Die Folge: falscher Flieger, falsche Insel. Vor 20 Jahren noch möglich,
heutzutage undenkbar. Zurück an den Start. Retour nach
Frankfurt. Ticket umbuchen. Guten Flug! Ihr Gepäck ist
schon sicher gelandet ...

Kapitel 49

Koffer einfach
stehen lassen

Um sicherzugehen, dass ihr Gepäck NICHT mitgeht, lassen sie es einfach stehen. Ein echtes Wiener Ehepaar tritt die Heimreise aus Cala Millor an. Bus – Transfer – Flughafen. Das normale Hin und Her. Die letzten Standardworte der Reiseleitung: „Wir hoffen, Sie hatten einen angenehmen Aufenthalt. Guten Flug."

Alle Urlauber steigen aus. Jeder greift sich sein Gepäck. Ab in die Abflughalle zum Einchecken. Nur dieses Ehepaar steht immer noch da. Verdutzt vor der Ladeklappe mit offenem Mund: „Wo sind denn unsere Koffer?", drehen sich die zwei ratlos im Kreis. Ich versuche helfend aufzuklären: „Ja, haben Sie Ihr Gepäck beim Hotel-Auschecken nicht vor den Bus gestellt?" – „Nö, warum?" – „Ja, weil es nicht von alleine in den Bus einsteigt!"

Mein zu spät gut gemeinter Rat verstärkt die Ratlosigkeit. „Wir haben unser Gepäck auf dem Zimmer stehen lassen, weil wir dachten, es wird abgeholt."

Falsch gedacht. Irrtum. Da stehen sie nun, die Koffer. Mitten in der Nacht. Anruf beim Nachtportier. Nachlieferung per Taxi-Transfer. „Na und wer zahlt das jetzt?" – „Sie natürlich." Natürlich, Dummheit tut weh. Weh dem, der einen Koffer stehen lässt …

Kapitel 50

„Zähneknirschend":
Das Gebiss ist futsch

Flutsch und futsch! Son Amar. Ich bin mit einer Reisegruppe unterwegs. Im Bus sitzt eine Oma. Mit ihrem Enkelsohn samt seinem Freund. Ein nicht ganz übliches „Dreiergespann". Die Oma genießt ihren Urlaub in vollen Zügen. Und „zieht" ordentlich an der Rotweinflasche an. Dabei „überzieht" sie. Sie trinkt über den Durst. Wir fahren von Son Amar wieder ab. Alle(s) da. Nur nicht das muntere Trio. Ich begebe mich auf die Suche nach dem Terzett. Da sehe ich die drei schon vor mir. Natürlich dauert das länger, in dem Zustand: Die Oma in der Mitte. Der Enkel links, der Freund rechts. Sie hängt dazwischen. Gestützt und gehalten, damit Oma nicht umfällt. Zum Torkeln ist kein Platz mehr. Ihre Füße schleifen hinten nach. Auf Deutsch: hackevoll. Auf Wienerisch: bummzua. Mit Verspätung rein in den Bus. Das Verladen gelingt. Oma sitzt neben Enkel. Freund dahinter. Dem Enkel habe ich gleich eine Tüte (Sackerl) in die Hand gedrückt. Samt mündlicher Gebrauchsanweisung: „Wenn was passiert, stülpst du die Tüte der Oma gleich ganz über den Kopf. Dann geht nix daneben." Auf halber Strecke tanzt der Enkel an. In der Hand die volle Tüte. Schön säuberlich zusammengeknotet. „Astrid, bitte halt den Bus an. Wir müssen die Tüte rausschmeißen." – „Miguel, bleib bei der nächsten Möglichkeit sofort stehen", appelliere ich an den Bus-Chauffeur. Wir also von der Straße runter. Tür auf. Tüte raus. Zack, in hohem Bogen fliegt der „Kotz-Sack" in die „Walachei" – irgendwo ins Niemandsland.

Die Fahrt geht weiter Richtung Hotel. Eine zweite Tüte war zum Glück nicht notwendig. Ankunft. Aussteigen. Die Burschen tragen die Oma ins Zimmer. Rausch ausschlafen. Gute Nacht.

Guten Morgen. Ich sitze gerade gemütlich beim Frühstück. Der Enkelsohn stürzt aufgeregt auf mich zu. „Astrid, weißt du noch, wo wir die Tüte rausgeschmissen haben?" Mir bleibt der Bissen im Hals stecken. „Ja, so ungefähr. Auf Höhe der Gloria Fabrik. Da ist auch eine Mülldeponie. Es war genau die richtige Stelle." Zähneknirschend schicke ich ein vorsichtiges „Warum?" nach. – „Na ja, in der Tüte war leider auch Omas Gebiss dabei!" Ich kann mir das Lachen nicht verbeißen. In dem Moment steht Oma vor mir. Jetzt kommt der Teil fürs Hörbuch. Sie lispelt mich an: „Tut mir leid Astrid. Ich habe keine Zähne mehr!"

Dafür haben wir uns sofort mit dem nötigen Biss auf die Suche gemacht: Mietauto. Mülldeponie. Miststück gefunden. Ich schwöre, unsere „Ausgrabungen" waren erfolgreich. Die Geschichte von der Nadel im Heuhaufen ist kein Märchen. Nach dem gründlichen Zähneputzen hat nicht nur das Gebiss von der Oma „gestrahlt". Alles wieder an der richtigen Stelle. Vom Mist in den Mund …

Zahnärztin bin ich deswegen zwar keine, aber meine „Zahnpraxis" hat sich durch einen weiteren Vorfall erweitert. Gran Vista. Ein Mann kommt angelaufen: „Das Gebiss meiner Frau ist kaputtgegangen. Genau in der Mitte gebrochen. Was können wir da tun?" Mein Rat:

„Gehen Sie in die Apotheke und kaufen Sie sich ein Klebe-Set." Das sind so Reparatur-Fläschchen. Kein Kukident! Mit Kukident fällt einem lediglich beim Reden das Ding nicht aus dem Gesicht. Das ist ein Unterschied. Okay, er besorgt den „Kleister". Ich sag noch zu ihm: „Na, dann kleben Sie mal schön."

Am Ende bin ich ihm auf den Leim gegangen. Denn das „Zusammenbasteln" gestaltet sich schwieriger als angenommen. Was ich nicht bedacht habe: Die Beschreibung kommt dem guten Mann „spanisch" vor. Selbst die Illustrationen helfen nicht. Reiseleiterinnen sind ja Mädchen für alles: Klebe-Set und Zähne auf den Tisch. Astrid macht's wieder ganz. Gebiss gut, alles gut ...

WAHRES RUND UM BARES

„Schwedische Gardinen"
statt spanische Sardinen

Wie Geld verschwindet und wiederauftaucht:
„Verstrickte Fälle" von Diebstahl und Raub

Überfall auf Hotel,
Safe abtransportiert,
Nachtwächter
niedergeschlagen.

Kapitel 51

„Deutsche Urlauber auf Mallorca beklaut"

Mit dieser Schlagzeile schaffte ich es sogar in die „BILD-Zeitung". Eine kuriose Geschichte. Nur ein paar Häuser von unserem Büro entfernt befindet sich das Hotel Galaxia. Eine „Ein-Sterne-Bude", mittlerweile ein schönes „Boutique-Hotel". Miet-Safes auf den Zimmern gab es damals nicht. Zumindest nicht dort. Also stand der gesamte Hotel-Safe für alle Urlauber neben der Rezeption: Ein Riesenturm mit ganz vielen Schließfächern. Eines Tages – genauer gesagt eines Nachts – wurde das Hotel überfallen. Die dreisten Diebe haben den Hotel-Safe gestohlen. Im Ganzen. Sie haben einfach den Turm aufgeladen und raus aus der Hütte. Abfahrt. Alles weg. Zuvor haben sie noch den Nachtwächter „weggeräumt". Niedergeschlagen. Eine über den Schädel gezogen. Der arme Kerl musste zwei Tage im Spital verbringen.

Helle Aufruhr im Hotel. Polizei im Haus. Unmut bei den Gästen. Um Gottes willen: Geld, Pass, Wertgegenstände, Schmuck – beim Teufel. Zwei Pärchen haben sich bei mir beschwert: „Wir stehen jetzt ohne Geld da. Was sollen wir machen?" Meine Antwort: „Alles kein Problem. Sie kriegen einen Vorschuss." Da gab es so ein Formular. ZAPFEL hieß das Ding. Das lief über die Bank. Sogar Ausflüge konnten damit bezahlt werden. Die Werbung lautete in etwa so: „Geld vor Ort, Rückzahlung erst von zu Hause aus." Mit dem Zauberwort ZAPFEL = Zahlungsverpflichtungserklärung. Eine Art Bankkredit. So haben die Leute schnell Bares bekommen. 200 DM pro Person.

Zwei Tage später stehen die zwei Pärchen erneut vor mir: „Wir brauchen noch einen Vorschuss!" Hallo??? „Tut mir leid, noch einmal geht nicht", erwidere ich. Sie widersprechen und fordern weiter. Jetzt reicht es mir: „WIR SIND JA NICHT DIE CARITAS", gebe ich unmissverständlich zu verstehen. Ein Satz mit Folgen.

24 Stunden später halten mir Kollegen die „BILD-Zeitung" unter die Nase. Die Schlagzeile lautet: „Deutsche Urlauber auf Mallorca beklaut!" Mit genau dieser Story: Überfall auf Hotel, Safe abtransportiert, Nachtwächter niedergeschlagen. Und am Ende steht im Text: „WIR SIND JA NICHT DIE CARITAS", sagte die Reiseleiterin zu den Bestohlenen.

Je nachdem: eine erbärmliche Geschichte.

Oder eine Geschichte zum Erbarmen. Die Armen ...

PS: Natürlich ist die Versicherung für den gesamten Schaden aufgekommen.

PPS: Der Fall wurde wenig später aufgeklärt: Der Nachtwächter war eingeweiht. Sein Pech, dass die Komplizen ein bisschen zu hart zugeschlagen haben. Oje und oh weh ...

Kapitel 52

Gestohlenes Geld im Gepäck-Geheimfach

„Hilfe, unser ganzes Geld ist aus dem Zimmer gestohlen worden!" Aufgelöst und verzweifelt wendet sich ein Ehepaar an mich. Meine erste Reaktion wie immer: „Warum haben Sie denn keinen Safe genommen?" – „Na, wofür denn?" – „Genau dafür!"

Sparen am falschen Platz. Riesenaufstand. Die Polizei wird gerufen. Der Hotel-Direktor ist bereits informiert: „Astrid, stell dir vor. Die Gäste beschuldigen die Putzfrau. Die arbeitet aber schon 30 Jahre bei uns. Die stiehlt nicht. Dafür lege ich meine Hand ins Feuer." Hitzige Debatten. Aussage gegen Aussage. Tohuwabohu. Verwirrung. Endlich trudelt die Polizei ein. Alle und jede(r) wird vernommen. Gäste, Zeugen, Personal, Putzfrau(en), der Hoteldirektor, die Bestohlenen. Ich übersetze. Das Protokoll wird immer länger und länger – ohne zweckdienliche Hinweise. Chaos. Ein kniffliger Fall. Nicht leicht aufzuklären.

Wir gehen aufs Zimmer zum Lokalaugenschein. Der Hotel-Direktor hegt einen anderen schwerwiegenden Verdacht: „Die Leute lügen. Das kann nicht sein. Mein Personal klaut nicht. Die waren zu geizig, um für den Safe Geld auszugeben. Da stimmt etwas nicht ..."

Die Polizei stellt das Zimmer auf den Kopf und begibt sich penibel auf Spurensuche. Alles wird umgedreht. Ohne Erfolg. Bis es den Ermittlern reicht. Alle raus! Noch einmal wird Zentimeter für Zentimeter kontrolliert. Auch die zwei Koffer der Urlauber werden erneut unter

die Lupe genommen. Und siehe da: Bingo! Ein Geheim-
fach im Gepäck. Das ganze Geld taucht wieder auf. Die
Beschuldigungen lösen sich in Luft auf: Nix gestohlen,
unverhohlen! Verleumdung. Vorgetäuscht. Verhaftet.
Ausflug in den Arrest. Schwedische Gardinen statt spanische Sardinen ...

Kapitel 53

Die alte Oma hat sich „verstrickt"!

Trotz Safe, nicht alle fühlen sich „sicher" damit. „Sicher nicht", lehnte eine alte Oma im Hotel Gran Vista den Gebrauch vom „Tresor" skeptisch ab. Alles hinter Schloss und Riegel, das war für sie einfach nicht der Schlüssel zur richtigen Verwahrung. Sie sperrte sich dagegen. Ihr einziger Gedanke: „Safe, nein danke!" Dennoch machte sie sich natürlich Kopfzerbrechen: Der Safe schien ihr nicht wert genug, aber wohin mit dem Geld? Die „unrunde" Oma grübelte und grübelte, bis ihr endlich eine runde Sache einfiel. Verflixt und zugenäht: „Ich habe doch mein Strickzeug dabei." Die Erleuchtung schien nahe. Weg mit den finsteren Gedanken. Oma „strickte" sich ihren eigenen Plan zurecht. Flugs nahm sie ein kleines Stoffsäckchen zur Hand. Alles hatte Hand und Fuß. Großartige Idee: Ringe rein, Geld obendrein. Wichtige Wertsachen. Elegant eingetütet. Zeug zugebunden. Zusammengefasst: Sack zugemacht. Es gab kein Halten mehr …

Mit ihrer himmlischen Eingabe wollte Oma hoch hinaus. Rauf auf den Stuhl (Sessel). Sack im Schlepptau. Der Gipfel der Gefühle. Ab ins geheime Paradies. Nadel und Zwirn. Geschickt eingefädelt. Oma näht ihr Hab und Gut auf der Hinterseite des Vorhanges ein (!!!). Super Versteck, ganz im Eck. Halleluja! Gott sei Dank – unauffindbar. Safer als Safe. Sicher ist sicher. Und so lebte die Oma in Saus und

Braus. Dann war der Urlaub plötzlich aus. Home sweet Home. Heimreise. So viele schöne Erinnerungen. Nur eines hat sie vergessen: ihren alten (Gold)Sack! So sehr Oma auch an ihren Sachen hing, der Inhalt baumelte weiter hinterm Vorhang. Auf Nummer sicher.

Erst zu Hause ließ Oma die Katze aus dem Sack. Da kam ihr ihr tierischer Einfall wieder. Schluss mit dem Katz- und Mausspiel. Oma, lass dich nicht so hängen: „Kruzifix, da war doch noch was?!?!?!" Sie wollte ihren „Hänger" aufklären. Mit einem reuigen (An)Ruf an die Rezeption: „Hallo. Meine Wertsachen sind noch im Zimmer. Hilfe." Der Rezeptionist ratlos: „Die Dame hat doch gar keinen Safe gehabt." Schlussendlich war die Putzfrau der Schatz und hat das „versackelte" Vermögen geborgen. Per Nachsendeauftrag wurde die „verstrickte" Sache schließlich zu einem Happy End gebracht.

Kapitel 54

Eine andere Masche:
Geld einfach abgeseilt

Gleiches Hotel. Eine weitere Parallele: Wieder nicht auf der sicheren Seite – erneut kein Safe im Spiel! Mann statt Oma. Plastiktüte statt Stoffsack. Eine andere Idee vor den Vorhang: nicht abnähen, sondern abseilen. Taufrisch! Guter Mann. Sachen gibt's, die gibt's gar nicht. Wertsachen, abgehängt am Balkon. In Summe: Eine abgrundtiefe Fall-, äh Fahrlässigkeit. Orkanartig ist diese neue Masche wie verblasen. Vom Winde verweht. Eine Böe in der Höhe. Stürmische Zeiten. Seil verrutscht. Tüte futsch. Alles hängt plötzlich an einem seidenen Faden. Erst der Hotel-Techniker rettet die „Seilschaft" und zieht die (Wert)Sachen behutsam wieder an Land, sprich ins Zimmer. Dümmer geht's nimmer ...

Kapitel 55

Sand, das Gold der Dummen!

Als Ur-Mallorquiner gelten auf der Insel bodenständige Familien. Davon gibt es viele. Sie nennen gewisse Ländereien ihr Eigen. Keine Riesen-Besitztümer, aber guter Grund und fruchtbare Erde. Darauf werden Oliven und Mandeln angebaut oder Rebstöcke für den Weinbau gezüchtet. Das Geld wird nicht säckeweise durch die Gegend geschleppt. Es herrscht aber ein zumindest gutbürgerlicher Wohlstand.

Der eigentliche Reichtum der Mallorquiner ist allerdings auf Sand gebaut. Von Ca'n Picafort bis Alcudia erstreckt sich ein rund 12 Kilometer langer Strand. In der Vor-Tourismus-Ära ein völlig wertloses Gebiet. Nutzloses Niemandsland. Kein Baum, keine Pflanze weit und breit. Kein Ackerbau möglich, für Samenkörner ungeeignet. Einzig Millionen von Sandkörnern. Millionen sind da auf den ersten Blick keine zu scheffeln …

Wenn wir schon beim Thema Pflanzen sind: Die Inzucht – also die Fortpflanzung unter nahen Verwandten – war den Insulanern nicht fremd. In den umliegenden Dörfern wie Santa Margalida, Muro, Sa Pobla oder Llubi lebten demnach Familien mit zahlreichen Kindern. Um den Wohlstand zu sichern, erbte der schlauste Nachwuchs das beste Stück Land, die weniger Schlauen wurden mit billigen Strandabschnitten abgespeist. Ein satter Fehler, wie sich später herausstellte. Ein kluger „Minderbemittelter" hatte nämlich die geniale Idee, aus dem Meer mehr machen zu wollen. Keine blöde Sache. Mittel zum Zweck: Der Sand als das Gold der Dummen! Das erste Hotel war geboren und schoss in die Höhe. Die Geburtsstunde des Tourismus Anfang 1960. Die Südküste begann mit dem Bau der Bettenburgen. Der Osten zog mit zwei Hotels nach, der Norden rundete das Wachstum ab: Das Geschäft blühte und gedieh.

Die mit den Ländereien „ackern" heute noch und schuften auf den Feldern. Jene, die alles in den Sand gesetzt haben, kutschieren mittlerweile die dicksten und fettesten Autos über Stock und Stein und liegen felsenfest und goldrichtig auf der Dominikanischen Republik und (er)strahlen in der Sonne.

Kapitel 56

Ganze Felder
voller Disteln

Manchmal fällt es mir echt schwer, NICHT daran zu glauben. Es entsteht wirklich oft der Eindruck, dass Leute ihre Dummheit tatsächlich mit dem Löffel essen. Diese Story hat mir mein Mann Hans erzählt. Als Ohrenzeuge. Er kam von Österreich am Flughafen in Palma an. Und sitzt im Transferbus, die Strecke über Sa Pobla. Das ist das komplette Obst- und Gemüseanbaugebiet von Mallorca. Angefangen von Kartoffel (Erdäpfel) über Karotten bis hin zu Zwiebel und Erdbeeren. So gut wie alles. Auch teure Artischocken. Hinter meinem Mann sitzt ein Ehepaar und führt folgende skurrile Unterhaltung.

Er: „Mein Gott! Schau dir das nur an."

Sie: „Ja, unglaublich, wie blöd die Mallorquiner sind."

Er (den Kopf schüttelnd): „Was die hier anbauen."

(schüttelt weiter den Kopf und schlägt die Hände zusammen).

Sie (nickt bejahend): „Felder voller Disteln!!!"

Die haben nicht kapiert, dass es sich um Artischocken handelt. Okay, sie gehören zwar zur Familie der Disteln, sind aber essbar. Gegen diesen „Anbau" von Dummheit ist wahrlich kein Kraut gewachsen …

WAS DAS SOLL MIT DEM ZOLL

*Elektrische Geräte waren auf
Mallorca doppelt bis dreifach
so teuer. Die logische Folge:
Schmuggel ohne Ende ...*

Kapitel 57

Ein Zöllner
„unter Strom"

1977: Arbeitsbeginn bei NECKERMANN. Gleichzeitig ein trauriges Ende. Meine Großmutter ist verstorben. 1979 bin ich nach Mallorca gekommen. Nach der ersten Saison habe ich meine Mutter zu Hause in Holland besucht. Und eines Tages fragt sie mich: „Kind, wenn du willst, kannst du den Staubsauger von Oma mitnehmen." – „Okay, kann ich gebrauchen. Bevor er hier herumsteht und alt wird." Ich kann mich noch genau erinnern: Rot. Ein Riesenschlitten. Damals waren das ja noch große Apparate. Plus das ganze Gestänge und Drumherum. Dazu muss man wissen: Meine Mutter und meine Oma waren immer sehr korrekt. Die hatten sogar die Originalschachtel noch aufgehoben. In bestem Zustand. Und was noch zu erwähnen ist: Wenn meine Mutter etwas eingepackt hat, dann aber richtig. Das konnte kein Mensch mehr auspacken. Ohne Hilfsmittel schon gar nicht. Nur mit Schere und Messer. Bestenfalls.

Also, meine Mama hat es angepackt, das Einpacken. Her mit dem Originalkarton. Dann dickes Packpapier. Eingewickelt. Mit mehreren Schichten versteht sich. Sicher ist sicher. Damit nicht genug. Kilo- und meterweise Klebeband. Zugeklebt. Oben, unten. Von oben bis unten. Auf der Seite. Überall. Immer noch nicht fertig. Zu guter Letzt eingeschnürt. Kilometer lang. Und als i-Tüpfelchen darauf: Ein Plastikhenkel, fein säuberlich eingearbeitet. Damit das Riesending auch gut zu tragen ist. Perfekt.

Ich also zurück nach Mallorca. Ankunft am Airport. Damals gab es noch Kofferträger. Natürlich habe ich alle gekannt. Mein Gepäck: Zwei Koffer und ein Paket. Und da kommt auch schon einer. „Ich nehme die zwei Koffer. Du brauchst nix bezahlen. Das Paket trägst du aber selber ..." – „Warum?", frage ich erstaunt. – „Na schau mal, wie du damit durch den Zoll kommst!" Elektrische Geräte waren in Mallorca doppelt bis dreifach so teuer. Logische Folge: Es wurde aus dem Ausland geschmuggelt, dass die Koffer nicht zugingen. Und schon stand ich vor dem Zöllner. Er mit weißen Handschuhen. Ich kreidebleich mit dem Paket. Er: „Was ist das?" Ich: „Un aspirador. Ein Staubsauger." Er: „Sofort auspacken!"

Ich ziehe also vorsichtig an der Schnur. Versuche, das Ding behutsam „aufzuknüpfen". Sehe mir Schicht für Schicht an. Ratlos, wie ich das Ding jemals öffnen sollte. Er schaut mir eine Weile zu, bis er die Geduld verliert: „Soll ich eine Schere bringen?", fragt er mich schnippisch. Ich tue auf entsetzt: „Bist du verrückt. Dann kann ich das Paket ja nicht mehr schleppen." Er will es jetzt genau wissen: „Was ist da drinnen?", faucht er mich an. Ich: „Noch einmal. Un aspirador. Ein Staubsauger!"

Was gibt es daran nicht zu verstehen??? Es entwickelt sich ein Dialog, der mit der Frage des Jahrhunderts endet: „Un aspirador. Aha. Ist der elektrisch?" Ein Zöllner „unter

Strom"!!! Ich antworte geladen, ohne mit der Wimper zu zucken: „Elektrisch? Nein, ich sauge mit dem Mund!" Zum Zungenschnalzen. Seine Kollegen haben sich hingelegt vor lauter Lachen, mir Beine gemacht und mich samt Paket durchgeschleust.

Kapitel 58

Da rauchte dem
Beamten der Kopf

Geschichten rund um den Zoll sind immer lustig. Ich war wieder unterwegs zu meiner Mutter nach Holland. Diesmal über Köln. Meine Mutter ist eine starke Raucherin gewesen. Ihre Lieblingszigaretten: Die roten Päckchen von Dunhill. Natürlich habe ich die am Flughafen immer zollfrei eingekauft. Im Angebot. Gleich eine Doppelstange. Zu viel für eine Einzelperson. Über der erlaubten Menge. Aber was soll's: Mami freut sich. Ein paar Zigaretten mehr. Und billig.

In Köln angekommen, schnappt mich auch schon der Zoll. Da stand so ein junges Bürschchen. Vielleicht 18 Jahre alt. „Was haben Sie da in der Plastiktüte (im Plastiksackerl)?" – „Zigaretten. Die Tüte ist durchsichtig. Sieht man doch." – „Schon, aber sind Sie alleine?" – „Ja, auch das sehen Sie doch!" – „Das ist dann aber zu viel. Von der Menge her. Für eine Einzelperson." – „Wie kommen Sie denn darauf?", stelle ich dem jungen Mann eine Gegenfrage. Seine pflichtbewusste Antwort: „Ja, wissen Sie denn nicht, nur eine Stange ist zollfrei!" Jetzt kläre ich ihn mal schnell auf: „Natürlich, da haben Sie schon recht. Aber nur, wenn ich von Spanien abfliege, in Deutschland lande und in Deutschland bleibe. Aber ich bin Holländerin. Hier ist mein Reisepass. Für mich ist Deutschland ein Transitland. Ich fahre jetzt mit der

Eisenbahn nach Holland weiter. Da sind zwei Stangen in Ordnung." *(Was natürlich gar nicht wahr ist. Aber egal).*

Der offenbar mit meiner Aufklärung überforderte Nachwuchszöllner sieht mich lange an, überlegt noch länger und als es ihm langt, will er von mir wissen: „Und was sagen da meine Kollegen an der Grenze?" Meine grenzenlos offene Replik: „Hurra, dass wieder eine Holländerin nach Hause kommt!!!" Da rauchte dem Beamten der Kopf. Er ließ mich ziehen. Wieder einmal war ich durch. Mit der Doppelpackung. Wenn du frech bist, kommst du weiter im Leben. Ich habe mich noch einmal umgedreht. Das Bürschchen hatte ein dickes Buch in der Hand. Und er blätterte und blätterte. Und wenn er nicht gestorben ist, dann blättert er noch heute ...

Kapitel 59

Die Señorita und ihr „schwules Spanisch"

In Palma am Zoll. Diesmal bin ich mit meinem Ehemann Hans zurückgekommen. Vor uns ist eine Frau an der Reihe. Eher auffällig als gefällig. Oder doch beides: Hochgewachsen. Noch größer gemacht durch zentimeterhohe Absätze. Ebenfalls riesig: Ihr Busen. Einfach tierisch: Noch dazu im Tiger-Outfit. Eine Raubkatze. Sie will sich durch den Zoll schleichen. Viel Gepäck, Schminkkoffer, alles Mögliche. Und selbst behangen wie ein Weihnachtsbaum. Klunker ohne Ende. Sie erscheint vor meinem geistigen Auge heute noch bis ins kleinste Detail. Ein Typ wie Olivia Jones. Marke Drag-Queen aus Hamburg. Natürlich sticht so etwas den Zöllnern ins Gesicht. Ich blicke Hans an. Für mich war klar: Das muss aufs Schärfste kontrolliert werden. Alles auf den Tisch. Logisch: Die möchten der Señorita eine halbe Stunde länger auf den Busen starren.

👣

Sie sollte den Koffer öffnen, hatte aber keinen Schlüssel. Um wenigstens die Situation zu „knacken", wollte die Dame ihre Spanischkenntnisse auspacken und parlieren. Doch das Spanisch der Señorita machte die Zöllner sprachlos: „Mein Ehemann hat die Schlüssel", hätte sie gerne gesagt. „Mi marido" = mein Ehemann. Von sich gegeben hat sie aber: „Mi maricon." Der feine Unterschied zwischen marido und maricon. Maricon ist ein

Schimpfwort für Schwuler. Das kam den Zöllnern dann doch spanisch vor ...

Nichtsahnend tauchte wenig später der Ehemann auf. Und kleinlaut sofort wieder unter. Ich habe das Gelächter der busengierigen Beamten selbst Jahrzehnte später immer noch im Ohr. Sie walteten penibel ihres Amtes und nahmen sich die sprachgewaltige Señorita samt Gatten ordentlich zur Brust. Vamos ...

Das junge Pärchen am
Nachbartisch bestellt
Gambas: Garnelen,
noch in der Schale.

ASTRID ALS AUGENZEUGIN

Ich blinzle hinüber und
traue meinen Augen nicht:
Alles verzehrt, komplett mit
„Haut und Haaren".

Kapitel 60

Harte Schale,
weiche Birne

Mittagspause. Strandpromenade. Ein herrlicher Blick aufs Meer. Frische Meeresfrüchte wären jetzt lecker. Und tatsächlich: Das junge Pärchen am Nachbartisch bestellt Gambas: Garnelen, noch in der Schale. Schön knusprig angebraten. Kollege Ole und ich haben leider nicht so viel Zeit. Wir genehmigen uns nur eine Kleinigkeit. Kurze Zeit später kriegen wir große Augen. Der Kellner tischt auf. Zwei Portionen Gambas und zwei leere Teller für die Schalen. Das Innenleben ist essbar, der Rest Abfall. Völlig normal. Plötzlich beginnt Ole zu schmunzeln und stupst mich am Arm: „Astrid, schau mal ganz vorsichtig nach links."

Ich blinzle hinüber und traue meinen Augen nicht. Das Pärchen am Nachbartisch verzehrt die Garnelen komplett mit „Haut und Haaren". ALLES. Mit Schale!!! Wir können uns das Lachen nicht „verbeißen". Am Ende kommentiert sie den Schmaus noch und sagt zu ihm: „Es ist schon sehr hart gewesen, das zu essen." Uns bleibt der Bissen im Hals stecken, vor lauter Gebrüll. Und die Spucke ist weg. Wir sind nicht in der Lage, etwas zu sagen. Von wegen Aufklärung oder so. Es wäre ja auch unhöflich gewesen, beim Essen zu stören (hihi ...).

Der Kellner erscheint zum Abservieren. Ein knapper Blick. Und sein Gesicht wird immer länger und länger. Er starrt ungläubig auf vier leere Teller. Zweimal brav aufgegessen. Und zwei Teller ohne den obligaten „Garnelenresten". Keine Schalen weit und breit. Kopfschütteln beim Abgang. Das Fazit vom „großen Fressen": harte Schale, weiche Birne ...

Kapitel 61

(K)ein gemachtes Bett

Richtig nett ist's erst im Bett. Wie man sich bettet, so liegt man. Alles nicht so einfach. Ich habe es noch miterlebt. Die Liegestätte war einst häufiger Auslöser für Beschwerden. Ein gemachtes Bett auf Mallorca bedeutete zwischen 1970 bis Anfang der 90er-Jahre eher kein gemachtes Bett. Zumindest für den Durchschnittseuropäer. Die Urlauber haben ein Doppelzimmer gebucht. Die Gäste kamen zu zweit, fanden aber ein „Solo" vor. „Solo" im Sinne von Einbett. Also ein Bett. Einbett als Ehebett. Ehebett = Cama de matrimonio auf Mallorquinisch. Ein Stück im Ganzen. Maximal 1,40 Meter breit. Fast ein Quadrat. Nämlich nur 1,70 Meter lang. So mancher Einheimische findet dort heute noch seine „mittelalterliche" Nachtruhe. Die Touristen fanden hingegen kaum in den Schlaf. Zumindest nicht jene jenseits von 1,70 Meter. Meinen ernst gemeinten Rat, einen Stuhl als „Längenausgleich" unter die Ferse zu schieben, empfanden viele als wenig lustig.

Die Erklärung für die winzigen Schlafgelegenheiten – daraus leitet sich wohl auch das Wort Gelegenheitsschlaf ab – liegt in der Vergangenheit. Der typische Mallorquiner ist kleiner als die europäische Norm. Bei einer Körpergröße von 160 Zentimeter spreche ich immer von einem laufenden Meter. Die Geschichte lehrt uns: Früher galten die Mallorquiner tatsächlich als Höhlenbewohner. Dem zufolge von der Statur her niedrig und gebückt. Historiker verwenden den Begriff Höhlenvölker auch im Zusammenhang mit Ibiza und Gran Canaria.

Zum „gesunden" Schlaf betteten die Gastgeber ihre Gäste auf Kopfkissen in Schlauchform: 70 Zentimeter lang, dafür bis zu 40 Zentimeter hoch. Ebenso gewöhnungsbedürftig. In Deutschland lautet das Standardmaß 80 x 80, in Holland 70 x 60 Zentimeter. Andere Länder, andere Kissen. Zur Komplettierung der damals üblichen Schlafausstattung zählte noch die Wolldecke, heutzutage längst durch Steppdecken ersetzt. Eine Steppdecke wird auf der Insel NORDIC genannt, wegen ihrer Herkunft aus den nordischen Ländern.

Die Kissenkultur gilt mittlerweile ebenfalls als überholt. Die Köpfe der Gäste werden verwöhnt. In Vier-Sterne-Hotels kann per Mausklick im Internet schon vor dem Einchecken das Kopfkissen gewählt werden: Mit Federn, aus Kunststoff, antiallergisch und/oder doch die traditionelle Schlauchform.

Ende 1980 wurde das Cama de matrimonio – also das schmale einbettige Ehebett – aus den Unterkünften nach und nach verbannt und per Standard ersetzt. Gegenwärtig dürfen sich die müden Urlauber auf zwei Meter Länge ausbreiten. Für „Nichtbeischläfer" werden die Betten einfach auseinandergestellt. Ein Nachtkästchen trennt die Ruhenden.

Der Standard sorgte allerdings erneut für Lärm. Klagen wurden laut. Das Nachtlager wuchs, die Zimmer schrumpften. Schon wieder ein „Riesenproblem", diesmal in die andere Richtung. Es ist gar nicht so einfach, für ein gemachtes Bett zu sorgen ...

Kapitel 62

Es ist nun mal so Sitte

Damit es nicht kompliziert wird,
ein paar einfache Benimmregeln.
„Lokale" Grundsätze: Was man
auf Mallorca nie machen sollte.

Jedes Land hat seine eigenen Gesetze, Sitten und Gebräuche. Mallorca ist da eine Spur komplizierter. Auf einer Insel gelten noch einmal andere Regeln. Da gibt es zusätzlich Unterschiede zum spanischen Festland. Ich will ja nicht den Moralapostel spielen, aber ich bin der Meinung, dass Urlauber die Gepflogenheiten der Einheimischen respektieren sollten. Daher ein paar wichtige Grundsätze. Kleinigkeiten, mit großer Wirkung.

Tischwahl

Bei Touristen-Buden ist die Platzwahl ziemlich egal. In „normalen" Restaurants besteht die freie Auswahl. Wer eine Luxus-Location wählt, bekommt in der Regel vom Personal einen Tisch zugewiesen. Doch Achtung: In einem typisch mallorquinischen Gasthaus, in einem einheimischen Ess-Lokal, gilt folgendes Verhalten: Niemals einen Mallorquiner fragen, ob bei ihm noch ein Platz frei wäre. Das wird als unhöflich empfunden. Selbst wenn hundert Sessel zur Verfügung stehen: Es ist und bleibt SEIN Tisch.

Zahlen bitte!

Wenn eine mallorquinische Familie Essen geht, ist meist das halbe Lokal besetzt. Es bleibt nicht bei der „Verwandtschaft": Neben Mama und Papa, Großeltern, Kindern, Nichten und Neffen, Cousinen und Cousins sind auch jede Menge Freunde mit dabei. Es wird kreuzweise und rundum aus allen Richtungen bestellt. Die ganze Speisekarte auf und ab. Bis hin zum Vogelfutter (Scherz!). Alle kosten von allem und jedem. Der oder die Kellner kommen gehörig ins Schwitzen. Bitte noch Nachschub von dies und das. Zwei Flaschen Wein. Hier drei Bier, nein wir nehmen vier. Was ich damit sagen will: Ein Tisch, eine Rechnung. EINER übernimmt die Zeche. Nächste Woche ist ein anderer dran. Das hat auf Mallorca Tradition. Daran ändern auch die Touristen nichts. Usus! Gepflogenheit der Einheimischen. Nach 30 Jahren sind die Kellner mittlerweile zwar lernfähig, separates Bezahlen ist dennoch nicht gern gesehen. Mein Rat: Detaillierte Rechnung verlangen. Wenn es wirklich sein muss, später auseinanderdividieren.

Trinkgeld

„Macht 19,20 Euro, bitte" – „20! Danke, stimmt so." Den Rechnungsbetrag einfach aufrunden ist sowohl in den Niederlanden als auch in Deutschland und Österreich eine bekannte Ansage. Geschenkt. Bei einem waschechten mallorquinischen Kellner stößt dieser gut gemeinte Versuch auf taube Ohren. Er nimmt partout kein Trinkgeld. So nicht. Auf den Cent genau kommt das Wechselgeld prompt wieder retour. Der stilvolle Herr Ober aus Mallorca serviert dem Gast die Rechnung auf einem Tellerchen, in einem Schüsselchen oder Schälchen. Ausschließlich und nur dort darf der Gast seine Zufriedenheit zum Ausdruck bringen und das Trinkgeld deponieren. Gracias.

Putzdamen

Auf Mallorca sind die Putzdamen häufig nach Stockwerken eingeteilt. Jede hat ihre eigene Etage beziehungsweise zumindest immer ihren gleichen Rayon. Viele Gäste ignorieren den schweren und oft „schmutzigen" Job der Putztruppe einfach und sehen die „Drecksarbeit" als „all inclusive" an. Andere stellen dann doch die Frage: „Wie viel Trinkgeld soll ich der Putzfrau geben?" Ich empfehle pro Woche fünf Euro und rate noch zusätzlich: Wer am Anfang bezahlt, hat es bis zum Ende besser.

„Wohin soll ich das Trinkgeld geben, ich sehe meine Putzfrau ja gar nicht?" Auch dafür gibt es eine Lösung: Das Trinkgeld keinesfalls aufs Nachtkästchen legen. Alles, was dort liegt, dürfen die Putzdamen nicht anrühren. Strenges Tabu. Besser: Zettel & Zaster. Ein paar nette Worte schreiben, Trinkgeld dazu und auf dem Kopfkissen (Kopfpolster) platzieren. Selbst wenn die gute Putzfee den Inhalt mehr schlecht als recht versteht, sie weiß exakt, was gemeint ist ...

Kleidung

Das Stolzieren in der Öffentlichkeit mit nacktem Oberkörper ist auf der Insel generell – mehr oder weniger streng – verboten. Ist die „Policía" gut aufgelegt, begnügt sie sich mit einer mündlichen Verwarnung. Im Normalfall wird ein Bußgeld eingehoben. Zu den besten Kunden zählen die Engländer. Die pfeifen sich prinzipiell nix. Das fängt unten an. In den Supermarkt latschen sie barfuß. Die Hüfte und der restliche Mittelteil sind minimal mit einer Badehose bedeckt, maximal mit einer Boxer-Short. Die Brust ist entblößt. Oben sind sie auch blank. Also am und meist im Kopf. Klartext erfolgt dann per Zeichensprache: Bitte Anziehen oder Ausziehen – sprich raus aus dem Supermarkt!

Das textile Sparen zieht sich bis in Hotelhallen. Im Vier-Sterne-Hotel Alcudia Park habe ich es mit eigenen Augen gesehen. Mir blieb der Mund minutenlang offen: Ein junger Mann, genauer betrachtet ein beschürzter Bub. Ich war bestürzt. Sein Dress-Code: Eierbecher mit Schnürchen. Ein Tick mehr als Tanga. Weniger geht nicht. Oder doch?

Ja. Doch. Jetzt erinnere ich mich an ein „bankes" Entsetzen: Zwei Mädchen, 17/18 Jahre alt, stapften in ihrem jugendlichen Leichtsinn in eine Bank. Damit nicht genug. Oben ohne!!! Blank in der Bank!!! Der Schein trügt nicht: Nackte Tatsachen!!! Eine neue Form des Sparens – ganz ohne Stoff.

Brust raus – ich meine, die Mädels raus aus dem Geldinstitut – ich rein: Die männlichen Mitarbeiter hingen alle noch am Schalter. Weit draußen. Ein Kassasturz der anderen Art: „Hallo Lorenzo. Hallo Miguel. Ich bin's, die

Astrid. Bitte weiterarbeiten." Scheck-Check nach Busen-Schreck …

Zu guter Letzt – auch das ist leider eine Bank – fällt mir ein weiterer Ort der Schande ein. Die Hotelbar, die oft als (Sau)Stall missbraucht wird: Wo dumme Kühe ihr Milchgeschirr – sprich volle Kanne ihre „Euter" – einfach auf die Theke legen. Uff, das gehört sich nicht einmal im Suff. Halleluja!

Wer der Mutter Gottes in der Kathedrale La Seu in Palma einen Besuch abstatten möchte, sollte ebenfalls nicht „anzüglich" erscheinen. Das „Heim Christi" ist zwar ein Haus der Freude, aber kein Freudenhaus. Daher diese Gebote beachten: Die Damen bitte die Schultern bedecken. Keine Spaghetti-Träger. Nach Möglichkeit ein Halstuch. Die Herren der Schöpfung mögen in langen Hosen zur Visite antreten. Für Weiblein und Männlein: in Badesandalen (Badeschlapfen) kein Einlass.

Wie das Amen im Gebet scheinen auch die Bekleidungs-vorschriften zum Eintritt in den Speisesaal in Stein ge-meißelt. Doch mittlerweile bröckelt der Dress-Code. Einerseits beim Eingang auf einem Schild in sämtlichen Sprachen niedergeschrieben, respektive bebildert, ande-rerseits in jedem Reisekatalog nachzulesen: Keine Bade-bekleidung, dazu bedeckte Knie als Minimalanforderung, zumindest ab einem Drei-Sterne-Niveau. Denkste, die Gäste halten sich in der Praxis nicht daran. Die Hote-liers sehen (theoretisch) tatenlos zu. Schließlich wollen die Chefs selbst die Hosen anbehalten. „Wir müssen das ertragen", lautet der einhellige Tenor. „Sonst kriegen wir bei Holiday-Check einen negativen Eintrag." Nicht selten fehlt beim Umgang mit den sozialen Medien das A. A wie asozial. Was ursprünglich als positiver Input für die Touristen gedacht war, nahm auf der Insel nämlich schon ein schlechtes Ende. Sogar mit einem gerichtlichen Nachspiel.

Das Kapitel „Es ist nun mal so Sitte" schließt leider mit einer Unsitte: Einige „erfinderische" Hoteliers haben der Konkurrenz eigens Bewertungen unter der Gürtellinie angedichtet. Die gegenseitigen Ungereimtheiten richteten enormen touristischen Schaden an. Die Moral von der Geschicht': „Traue deinem Nachbarn nicht!"

Kapitel 63

Was ist da faul mit dem Obst?

Das Hotel Bahia de Alcudia ist nicht nur wegen den Papageien im Garten für seine Vielfalt bekannt. Das schlägt sich auch am Buffet nieder. Reichlich und bunt. Abend für Abend wird zum Beispiel Joghurt, Pudding und Kuchen angeboten. Nur mit dem Obst scheint irgendetwas faul: Es gibt Sandia = Wassermelone. Sieben Tage in der Woche. Von Sonntag bis Sonntag. Sandia am Montag. Sandia am Dienstag. Sandia am Mittwoch ...

Joghurt, Pudding und Kuchen wechseln täglich ihre Geschmacksrichtungen. Nur nicht das Obst. Zur Verwunderung der Touristen. Die Gäste haben sich beschwert. Warum keine Alternative? Äpfel oder Bananen. Papa Narciso, der Senior-Chef des Hauses, gilt als großzügiger Geschäftsmann. Immer lustig, immer heiter, er hilft mir bei der Frage weiter: „Jetzt mal im Ernst: Warum immer nur Sandia?" Er lacht wissend und klärt verschmitzt auf: „Viele Gäste nehmen Obst aus dem Speisesaal auf ihre Zimmer mit. Wenn das zwei oder drei machen, ist das okay. Ein paar Äpfel, ein paar Bananen. Aber 800? Da brauche ich täglich einen vollen LKW." Schelmischer Nachsatz: „In all den Jahren habe ich noch nie gesehen, dass eine Wassermelone in einer Hand- oder Hosentasche verschwindet." Ein witziger und vifer Verhandler, der Narciso. Bei Sandia hört sich der Spaß auf ...

Kapitel 64

„Arschtritt"
statt Astrid

Es gibt ein paar grundsätzliche Dinge in Tirol,
da fährt ein Leben lang die Eisenbahn drüber

Typisch Tirol! Das „Heilige Land" hat eigene Gesetze,
Sitten und Bräuche. Das durfte ich in meiner Zeit beim
„Club 28" (Jugendtreff zwischen 17 und 28 Jahren) im
Ötztal am eigenen Leibe verspüren. Nach dem Wedeln
ging es mit einer kleinen Gruppe zum Après-Ski. Wir
versuchen in einer Hütte den „Einkehrschwung". Doch
der Wirt samt den Einheimischen lässt uns brutal „ein-
fädeln". – „Grüß Gott, bitte einen Tisch für sechs Personen zum Kaffeetrinken." Der Chef, ein landestypischer
Original-Ur-Ur-Ur-Tiroler in Tiroler-Lederhosen, Tiroler-
Hut und mit Tiroler-Gamsbart, mustert uns von oben
bis unten und erwidert im breitesten Tiroler Ur-Ur-Ur-
Dialekt knurrend, kurz und knapp: „Wennscht an Tisch
findscht, kannscht di hinhockn." Ich blicke mich um.
Bei jedem Tisch sitzt eine einzige Person. Die restlichen
Stühle (Sesseln) – alle frei. Ich frage höflich: „Bitte dürfen wir uns hier dazusetzen?" – „Da isch besetzt. Siachst
des net? (siehst du das nicht?). Da liegt mei Stecken und
durt mei Huat." So geht es durch die ganze Wirtschaft.
Wenn du ein Fremder bist, ist die Gastfreundschaft ein
Fremdwort. Ich denke mir, leckt's mich doch alle am
Arsch. Für meine norddeutschen Gäste formuliere ich
es freundlicher: „Tut mir leid. Typisch Tirol. Die kennen
uns nicht und wollen nix von uns."

Vor unserem „Umkehrschwung" habe ich dem Hüttenwirt noch meine Meinung gegeigt: „Saudeppat! (saudumm/ saublöd). Ich komm mit Leuten rein, will was trinken und du wirfst uns raus. Es ist dein Geschäft. Ich kann dir dreimal die Woche Gäste in deine Wirtschaft bringen. Aber ihr seid's echte Tiroler Sturschädel. Ich suche mir schon einen anderen Platz. Du bist nicht der Einzige." Bumm. Abgang und Türe zu. Mit einem ordentlichen Tuscher.

Eine Woche später. „Bischt a Tiroler, bischt a Mensch. Bischt koa Tiroler, bischt koa Mensch", heißt es im Land. „Jeder Mensch hat seine zweite Chance verdient", denke ich mir. Also, Tür auf. Rein zu dem Kerl. Er erkennt mich, grinst mich von oben bis unten an und knurrt noch knapper und kürzer: „Pascht scho (passt schon)!" Aufnahmeprüfung bestanden. In Tirol musst du dir halt alles erst erkämpfen. Ich habe schon schwarz gesehen. Seitdem wird meinen Gästen und mir der rote Teppich ausgerollt.

Dazu fällt mir eine ähnliche „sture Story" ein. Ich habe auf dem Reiterhof gewohnt, außerhalb von Hopfgarten. Gleich neben einem Milchbetrieb. Dort lebte eine alte Tiroler Ur-Ur-Ur-Oma. Die Liesl. Sie schleppte immer die Kannen voller Milch auf und ab. Da sind wir uns über den Weg gelaufen. Ich habe ihr beim Tragen geholfen. So sind wir ins Gespräch gekommen. „Wo kimmscht denn du daher? (Woher kommst du?)", will sie wissen. – „Ich bin aus Holland", stille ich ihren Wissensdurst. Sie schaut mich an, wie wenn sie gerade die ganze Milch verschüttet hätte: „Jöööö, was isch denn des?" – „Ein Land", kläre ich die verdutzte Greisin auf. – „Wo is denn des?", so Liesl weiter neugierig. – „Da ist Österreich. Obendrüber liegt Deutschland. Links davon befindet sich Holland", packe ich meine Geografie-Kenntnisse aus. – „Kenn i net", schüttelt Liesl ungläubig den Kopf. „Fiar mi bischt und bleibscht a Langkampfnerin. (für mich bist und bleibst du eine Langkampfnerin)." Langkampfen ist ein benachbarter Ort. Das war für mich ein unheimliches Kompliment, weil ich offenbar in kurzer Zeit mein „Tirolerisch" perfektioniert habe und von den Einheimischen voll akzeptiert wurde. Wenn sich Tiroler etwas einbilden, dann normalerweise auf Gedeih und Verderb ein Leben lang. Übrigens: Zeit meines Lebens werde ich im Heiligen Land nicht Astrid – sondern „Arschtritt" – gerufen. So klingt Astrid im Dialekt. Da fährt die Eisenbahn drüber. Isch so Mander! (Männer, es ist so).

Kapitel 65

Was mir spanisch vorkommt

Zusammengefasst noch einmal
*auf einen Blick **ASTRIDS ABC** für den*
täglichen Gebrauch auf Mallorca.

- Allioli = Knoblauchmayonnaise
- Arroz brut = schmutzige Reissuppe
- Aspirador = Staubsauger
- „Ball de Bot" = traditioneller Hüpftanz
- Berejenas rellenas = gefüllte Auberginen
- Café con cubitos = Kaffee mit Eiswürfel (mallorquinischer Eiskaffee)
- Café solo = Espresso
- Cama de matrimonio = Ehebett
- Capellans (oder Capilla) = Kapelle
- Clínica mental = Irrenhaus
- Coca Mallorquina = mallorquinische Gemüsepizza, die rechteckig serviert wird
- Comida = Mahlzeit
- Conejo con cebolla = Kaninchen mit Zwiebeln
- Disfruta tu comida = Guten Appetit
- Ensaimada = spanisches Schmalzgebäck
- Forn (katalanisch) = Backofen (Ofen)
- Gató = mallorquinischer Mandelkuchen
- Herbes (Hierbas) = Kräuterlikör mit Anisgeschmack
- „La Balanguera" = Inselhymne
- Lomo con col = Schweinefleisch mit Kohl
- Marido = Ehemann

- Mercado payes = Bauernmarkt
- Nordic = Steppdecke
- Paella arròs negre = Paella mit schwarzem Reis
- Paella ciega = Blindenpaella
- Paella fideuà = Nudelpaella
- Panaderia = Bäckerei
- Pasteleria = Konditorei
- Policía = Polizei
- Porcella = Spanferkel
- Sandia = Wassermelone
- Sobrasada de Mallorca = luftgetrocknete, streichfähige Paprikawurst

Bei Übersetzungen kommt es
das eine oder andere Mal schon
zu schweren Missverständnissen.

ASTRIDS ABGESANG

Keiner der Polizisten konnte Deutsch oder Englisch. Und sie redeten auch nicht Spanisch, sondern Mallorquinisch.

Kapitel 66

Traurige Pflicht:
Ganz oder halb?

Sprachen sind da, um sich zu verständigen. Das Verständigen ist aber nicht immer leicht. Bei Übersetzungen kommt es das eine oder andere Mal schon zu schweren Missverständnissen. Kollegin Ilona verbrachte ihre erste Saison in Spanien, der Sprache noch nicht mächtig. Zu allem Übel hatte sie eine delikate Aufgabe zu lösen. Es gehört leider zum Job einer Reiseleiterin, auch traurige Pflichten zu übernehmen. Ilona musste als Übersetzerin eine Ehefrau auf die Polizei-Wachstube begleiten. Der Mann verstarb im Urlaub im Hotelzimmer. Mein Beileid und Mitgefühl.

Das zieht einen Haufen von Formalitäten nach sich. Und eine Menge „Spezial-Vokabeln" wie Leiche und Überstellung. Urne und Sarg. Begräbnis und Beerdigung. Vor 25 Jahren existierte der Ausdruck „Sprach-Polizei" scheinbar noch nicht. Keiner der Polizisten konnte Deutsch oder Englisch. Und sie redeten auch nicht Spanisch, sondern Mallorquinisch. Eine tragisch(komische) Konstellation. Selbst die arme Witwe kam ins Schmunzeln. Sinngemäß sorgte das Kauderwelsch aus „Master-Mallorquinisch", „Spar-Spanisch", „Duden-Deutsch" und „Easy-Englisch" für Verwirrung.

Die Beamten wollten die Frage der Überstellung klären: „Mittels Sarg oder in der Urne?" Ilona „dolmetschte" nach bestem Wissen und Gewissen: „Ganz oder halb?" Die Witwe zeigte ein friedliches Einsehen ...

Kapitel 67

Interessantes
über die Insel

Hier nur eine kleine Auswahl an großen
Besonderheiten von Land und Leuten

Immer diese Österreicher! Auf Mallorca wird erzählt, dass der österreichische Erzherzog Ludwig Salvator (1847 bis 1915) der erste Tourist war, der bereits 1867 die Insel bereiste. Drei Jahre später, die nächste Premiere: Er eröffnete die erste Pension auf Mallorca. Gäste durften gratis übernachten, wenn sie ihr Essen selbst mitbrachten. Das hat sich im Wandel der Zeit natürlich geändert …

+++

Stichwort, wem die Stunde schlägt. Die Kathedrale „La Seu" in Palma beherbergt die größte bewegliche und geläutete Glocke des Landes. Der Durchmesser beträgt zwei Meter und sie wiegt rund 4.600 Kilogramm.

+++

Wir bleiben „kirchlich" und in der Hauptstadt der Insel. Seit 1642 gilt Sant Sebástian als der dortige Schutzpatron. Ihm zu Ehren finden Jahr für Jahr am 20. Jänner große Feierlichkeiten statt. Laut den historischen Aufzeichnungen soll er 1523 die Stadt von der Pest befreit haben.

+++

Eine andere Krankheit heißt Herpes. Nicht zu verwechseln mit dem „Herbes" auf Mallorca, der eher heilende Wirkung hat: Ein Kräuterlikör mit Anisgeschmack. Drei Arten werden getrunken: Süß, trocken, halbtrocken. Der Alkoholgehalt liegt zwischen 25 und 50 Prozent. Je nach Volumen weist das Getränk eine bräunliche bis grünliche Färbung auf.

+++

Eine bestimmte Farbe spielt auch zwischen Palma und Sóller eine Rolle. Dort verkehrt die Schmalspurbahn, genannt „Roter Blitz". Was die Namensgebung des Gefährts betrifft, darüber scheiden sich die Geister. Es hat weder mit dem Anstrich zu tun (dunkelbrauner Holzlook), noch mit der Schnelligkeit (maximal 30 km/h). Die Schmalspurbahn – seit 1912 unterwegs – diente einst zum Orangentransport. Auch daher ist die Couleur wohl nicht abzuleiten.

+++

Mallorca hat nicht nur Strand und Sand, sondern es geht mitunter steil bergauf. Die höchste Erhebung heißt Puig Major und ragt 1.445 Meter gen Himmel. Gleich elf Berge sind höher als 1.000 Meter. Neben dem Meer lockt die Insel mit einem Gebirge. Die Sierra de Tramuntana erstreckt sich 90 Kilometer der Küste entlang von Südwesten bis zur Halbinsel Formentor im Norden.

+++

Bis an die Westküste der Vereinigten Staaten am Pazifischen Ozean verschlug es den Franziskanerpater Junípero

Serra (1713 bis 1784) aus Mallorca (Petra). Der gebürtige Bauernsohn und spätere Doktor der Theologie gilt als Begründer von San Francisco. Er war am Bau von mehreren Missionarsstationen beteiligt. Daraus entstanden später weitere Städte, die alle einen spanischen Namen tragen: San Diego, Los Angeles oder Santa Barbara. Als „Apostel Kaliforniens" wurde Serra 2015 heiliggesprochen.

+++

Als „heilig" gilt bei den Einheimischen ein traditioneller mallorquinischer Tanz. Der „Ball de Bot" ist bekannt für seine kleinen „Hüpfer" an der richtigen Stelle. Früher ein Paartanz, wird er heutzutage aus Männermangel oft im gemischten Kreis vorgeführt. Dabei geben die Damen den Ton – sprich die Richtung – an. Die Musik zu diesem Tanz kommt von zwei Instrumenten. Eine Art von Dudelsack (Xeremía) und die Ximbomba (eine Reibetrommel überzogen mit Ziegen- oder Kaninchenfellen. Im tönernen Zylinder, ähnlich einem Blumentopf, wird ein Rohrstock aus Schilf im Holzschaft auf und ab bewegt und erzeugt so Töne).

+++

Vom Tanzen zum Singen. Seit 1996 besitzt Mallorca eine Hymne, um die Eigenständigkeit der Insel zu manifestieren. In „La Balanguera" steht eine Frau im Mittelpunkt, die mit einer Spinne verglichen wird und so die Fäden im Leben zieht.

+++

Im Sportlerleben haben die Insulaner große Söhne geboren. Der bekannteste heißt zweifelsohne Rafael Nadal. Der Tennis-Profi wurde unter anderem Olympiasieger im Einzel und Doppel. Jorge Lorenzo ist mehrfacher Motorrad-Weltmeister. Und eines darf natürlich nicht fehlen: Fußball! Marco Asensio hat bei RCD Mallorca begonnen und schaffte es bis in die spanische Nationalmannschaft. Er darf sich sogar Champions-League-Sieger nennen.

+++

In der obersten Liga sind selbstverständlich die mallorquinischen Köche zu Hause. Zwei erlesene Beispiele: Adrián Quetglas führt ein „Michelin-Stern" gekröntes Gourmetrestaurant in Palmas Altstadt und hat sich auf die Mischung zweier Kulturen spezialisiert: Mallorca gepaart mit dem feurigen Argentinien, wo Quetglas geboren wurde. Seine mallorquinischen Großeltern und sein Vater haben ihn mit der traditionellen Küche der Insel großgezogen.

Ebenfalls familiär am Herd aufgewachsen ist Benet Vicens. Er schwang mit Mutter und Oma den Kochlöffel. Seinen Stil beschreibt der „Michelin-Stern-Besitzer" als balearische Autorenküche. Dabei wird viel Wert auf die Aromen und Erzeugnisse der Inselkultur gelegt. Mittlerweile gibt Vicens sein Wissen an seinen Sohn weiter. Das Lokal „Béns d'Avall" öffnete seine Pforten bereits 1971 und liegt an der Straße von Sóller nach Deià.

+++

Kapitel 68

SIEBEN AUF EINEN STREICH
Die sieben nervigsten Mallorca-Fragen

1 „Warum sollen wir die Getränke beim Abendessen extra bezahlen?
Beim Frühstück sind sie doch auch inklusive!"
(Abendessen besteht nur aus Essen wie der Name schon vermuten lässt. Getränke sind da ein Zusatz)

2 „Warum müssen wir eigentlich unsere D-Mark in Peseten umtauschen?
Die Spanier machen das doch auch nicht ..."
(Da vor der Einführung des Euro in Spanien das gültige Zahlungsmittel Peseta war, mussten alle ausländischen Währungen umgetauscht werden)

3 „Warum darf ich meine Briefmarken aus Deutschland nicht benutzen? Ich habe sie extra von daheim mitgebracht. Jetzt behaupten sie an der Rezeption, dass ich die hier auf Mallorca gar nicht verwenden darf ..."
(Trotz Europäischer Union hat jedes Land nach wie vor seine eigenen Briefmarken)

4 „Wieso kann ich auf Mallorca ohne Führerschein kein Auto mieten?"

(Tja, der Führerschein ist weltweit vorgeschrieben ...)

5 „Ich finde meinen Reisepass nicht mehr. Darf ich auch ohne Reisepass nach Deutschland zurückfliegen? Dafür habe ich einen Bibliothekausweis mit Lichtbild dabei ...?"

(Sorry, ein gültiger Reisepass ist Vorschrift!)

6 „Wir möchten gerne Fernsehen. RTL und SAT.1! Aber wer übersetzt uns das dann vom Spanischen ins Deutsche?"

(Da bin ich fast sprachlos, aber deutschsprachige Sender senden auch in Spanien auf DEUTSCH!!!)

7 „Wie sind Sie denn nach Mallorca gekommen?"

(„Genauso wie Sie, mit dem Flugzeug ...")

Kapitel 69

ASTRIDS AUFGETISCHT

Auch Reiseleiter-Liebe geht durch den Magen.
Am Ende noch ein paar einheimische Rezepte.
Eine Auswahl von meiner mallorquinischen
Kollegin **Magdalena Pascual.**
Sie ist nicht nur eine ausgezeichnete Köchin, sondern auch
eine ganz hervorragende Begleiterin unserer Ausflüge.

Deftige Vorspeise:
ARROZ BRUT (schmutzige Reissuppe)

Zutaten
- Rinderbrühe
- 2 mittelgroße Zwiebeln
- 2 klein geschnittene Tomaten (Paradeiser)
- Olivenöl
- Salz und Pfeffer (schwarz)
- Gewürznelken, Zimt und Safran
- Grüner Paprika
- Zitrone
- Reis (gebrochen, kein Langkorn!)
- Verschiedene Fleischsorten wie Huhn (Hendl), Kaninchen, Rind, Schwein und Ente samt Knochen in kleine Stücke gehackt. Auch Hühnerleber, allerdings nie Hammelfleisch!
- 50 Gramm Fleisch pro Person

Zubereitung
- Fleisch salzen und pfeffern, in Olivenöl anbraten
- Wenn das Fleisch schön gebräunt ist, kommen die Zwiebeln hinzu
- Wenn die Zwiebeln glasig sind, die klein geschnittenen Tomaten (Paradeiser) dazugeben
- Wenn kein Öl mehr in der Pfanne vorhanden ist, mit der Rinderbrühe alles aufgießen und eine Stunde ziehen lassen
- Dann Gewürznelken, Zimt und Safran hinzufügen, je nach Belieben.

Tipp: Nicht zu viel Zimt verwenden, sonst ist der Geschmack zu dominant
Alles gut umrühren, den Reis beimengen. Bei Bedarf nochmals mit Rinderbrühe aufgießen. Alles 20 Minuten kochen lassen

Achtung: Umso mehr Reis, desto sämiger wird die Suppe

Verzehrtipp: Frische Zitrone dazu reichen, die in die Suppe geträufelt werden kann.

Als Beilage: Grüne Paprika in Streifen geschnitten

Hauptgericht:
CONEJO CON CEBOLLA (Kaninchen mit Zwiebeln)

Zutaten
- Ein ganzes Kaninchen mit Knochen in Stücke gehackt
- Zwiebeln (so viel Sie vertragen können!)
- Klein geschnittene Tomaten (Paradeiser)
- Ganze Knoblauchzehen (so viel Sie wollen ...)
- 2 bis 3 Lorbeerblätter
- Salz und Pfeffer
- Olivenöl
- Gemüsebrühe
- Trockener Weißwein oder Bier

Zubereitung
- Kaninchen salzen und pfeffern
- Im heißen Olivenöl von allen Seiten kräftig anbraten
- Knoblauch und Lorbeerblätter dazugeben
- Das angebratene Kaninchen herausnehmen und abgedeckt warm stellen
- Im gleichen Bräter, die in schmale Streifen geschnittenen Zwiebeln (Julienne), anbraten
- Bei Bedarf noch etwas Olivenöl hinzufügen
- Klein geschnittene Tomaten (Paradeiser) dazugeben und alles 5 Minuten köcheln lassen
- Kaninchen wieder hinzufügen und mit Gemüsebrühe, einem guten Schuss Weißwein oder Bier (nach Belieben!) auffüllen
- Eine Stunde zugedeckt köcheln lassen, bis die Flüssigkeit fast verkocht ist
- Das Fleisch sollte so zart sein, dass es sich leicht vom Knochen lösen lässt

Beilagenvorschlag: Gebackene Kartoffeln (Erdäpfel)
würfelig geschnitten

Empfehlung:
BEREJENAS RELLENAS (gefüllte Auberginen)

Zutaten
- Pro Person eine Aubergine
- Hackfleisch (halb Rind/halb Schwein)
- Zwiebeln
- Knoblauch (nach Geschmack!)
- Oregano, Majoran, Thymian
- Salz und Pfeffer (schwarz)
- Olivenöl
- Paniermehl oder Semmelbrösel
- 2 Eier (mittelgroß)

Zubereitung
- Auberginen der Länge nach teilen und in Salzwasser kochen, bis das Fruchtfleisch weich ist
- Aus dem Wasser nehmen, abtropfen und das Fruchtfleisch mit einem Löffel herausnehmen und auf die Seite stellen
- Das Hackfleisch in einer Pfanne mit Olivenöl anbraten, salzen und pfeffern
- Sobald das Hackfleisch gebräunt ist, klein geschnittene Zwiebeln und Knoblauch hinzufügen
- Ebenfalls braun werden lassen, dann jeweils eine Messerspitze Oregano, Majoran und Thymian dazugeben. Mit dem Fruchtfleisch gut mischen

- Die Pfanne vom Feuer nehmen und ein wenig abkühlen lassen
- Danach die zwei rohen Eier untermischen (Achtung: geschieht dies zu früh, stocken die Eier durch die Wärme!)
- Ein Backblech mit Olivenöl einfetten und die mit der Hackmasse gefüllten Auberginen darauflegen
- Oben auf die Füllung Paniermehl (oder Semmelbrösel) streuen
- Bei 180 Grad im Ofen 20 Minuten lang backen

👣

Appetitmacher:
ALLIOLI (Knoblauchmayonnaise/Sauce)

Tipp: Am besten verwenden Sie für diese Sauce keine Mayonnaise, stattdessen lieber Eier

Zutaten
- 4 Eier
- Frischer Knoblauch
- Olivenöl
- Salz

Zubereitung
- Die 4 Eier in ein hohes Gefäß aufschlagen
- Die kleingehackte oder gepresste Knoblauchzehe salzen und mit Olivenöl bedecken
- Je mehr Knoblauch, desto intensiver der Geschmack!
- Mit dem Stabmixer so lange rühren, bis die Masse fest ist

- Tröpfchenweise Olivenöl hinzufügen und weiter mixen, bis die gewünschte Konsistenz erreicht wird
- Mit warmem Weißbrot (Baguette) servieren

Süße Verführung:
GATÓ (mallorquinischer Mandelkuchen)

Dieser Kuchen kommt gänzlich ohne Mehl aus und wird daher auch nicht sehr hoch

Zutaten
- 250 Gramm gemahlene Mandeln
- 250 Gramm Puderzucker (Staubzucker)
- Eine Vanilleschote oder Vanillezucker
- Eine unbehandelte Zitrone
- Ein halber Löffel Backpulver
- 6 Eier
- Salz
- Zimt

Zubereitung
- Eier trennen, Eigelb, Puderzucker (Staubzucker/ein wenig übrig lassen zum Bestäuben nachher) und eine Prise Salz gut verrühren (schäumig)
- Vanilleschote oder Vanillezucker, Zimt, ein halber Löffel Backpulver, gemahlene Mandeln und ein wenig abgeriebene Zitronenschale dazugeben
- Eiweiß steif schlagen und unter die Mandelmasse ziehen
- Eine Springform (26 cm) mit Backpapier auslegen und die Masse einfüllen

- Im Ofen bei 175 Grad (bei Gas 150 Grad) 60 Minuten backen
- Bei Bedarf die letzten 15 Minuten mit Backpapier abdecken, damit der Kuchen nicht zu dunkel wird
- Kuchen abkühlen lassen, aus der Springform nehmen und mit Puderzucker (Staubzucker) bestäuben
- Verzehrvorschlag: Am besten den Kuchen erst am nächsten Tag essen, dann ist er gut durchzogen und schmeckt intensiver. Um es noch leckerer zu machen, wird der Mandelkuchen traditionell mit einer Kugel Mandeleis ergänzt.

Wer auf Mallorca einen Eiskaffee bestellt, bekommt unter Umständen einen Kaffee mit Eis(würfel).

ASTRIDS ABKÜHLUNG

Frostige Überraschung:
Ein guter mallorquinischer
Kellner (Ober) fragt
sicherheitshalber nach.

Kapitel 70

Eiskaffee oder
Kaffee mit Eis

Vorsicht: Missverständnis! Wer auf Mallorca einen Eiskaffee bestellt, bekommt unter Umständen einen Kaffee mit Eis. Das ist ein gewaltiger, „eisiger" Unterschied.

Hohes Glas, kalter Kaffee. Vanille-Eis-Kugel, Schlagobers (Sahne). Löffel, Strohhalm. Das ist in unseren Kreisen ein klassischer Eiskaffee. Eine köstliche Abkühlung an heißen Sommertagen.

Sagen Sie auf Mallorca niemals Eiskaffee zum Eiskaffee. Sonst blüht Ihnen eventuell eine frostige Überraschung. Der mallorquinische Kellner (Ober) versteht darunter etwas ganz Anderes. Er serviert einen Espresso. Extra dazu bringt er ein Glas mit Eiswürfel. Dann schüttet er beides zusammen. Er kippt den Kaffee ins Eis. Das heißt auf der Insel „Café con cubitos". Also Kaffee mit (Eis)Würfel. Ein guter Kellner fragt mittlerweile sicherheitshalber nach, ob tatsächlich dieses oder doch jenes Getränk gewünscht wird.

Nach dem Essen trinken die Mallorquiner üblicherweise einen Cognac. Der spanische Cognac ist weltberühmt. So wie in Österreich der Schnaps. Es war lange Zeit gang und gäbe, dass der Wirt die Cognacflasche einfach auf den Tisch gestellt hat. Das ist nicht unhöflich, sondern praktisch zum Selbereinschenken. Diese Tradition gehört mittlerweile eher der Vergangenheit an. Trinken ist

Vertrauenssache. Die Touristen haben den guten „Wirt-Willen" missbraucht. Es wurde nicht ehrlich abgerechnet. Der Vorwurf lautete: Versuchte „Zechprellerei"! Beim Bezahlen flogen die „Schnapsdrosseln" auf. Zwei Cognac haben die „Vögel" zugegeben. In Wahrheit floss bei den „Schluckspechten" viel mehr die Kehle runter. Das geübte Auge des Wirtes hat die „falschen Elstern" aber rasch durchschaut. Ein übler Nachgeschmack ...

Kapitel 71

In der Kürze liegt
oft ganz viel Würze

Kleine Geschichten, die mich groß „geflasht" haben

Enkel-Oma I

Ganz gemütlich schlendert eine ganz liebe gut gelaunte alte Oma im Hotel auf meinen Schreibtisch zu. Es ist Montagabend. Sie hält unsere Abreisemappe in der Hand, wo feinsäuberlich alle Daten unserer Kunden betreffend Abflug- und Abholzeiten vom Hotel und Flughafen notiert sind. „Ich finde meinen Namen und meinen Heimflug für kommenden Mittwoch nicht." Tatsächlich, das stimmte. Aber: Nach Überprüfung stellte ich fest, dass die liebe Oma bereits heute Früh abreisen hätte sollen. Oje. Ich sah in ein erstauntes Gesicht. Die nächste Rückflugmöglichkeit war erst in zwei Tagen gegeben. Ganz anders die Reaktion ihres Enkels, der danebenstand. Er machte einen Freudensprung: „Danke Oma, dass du diese Urlaubsverlängerung auch noch bezahlst ..."

Enkel-Oma II

Eine weitere Familiengeschichte dieser Art. Zwei Transferbusse parken vor dem Hotel nebeneinander. Ein NECKERMANN, ein ITS. Oma sieht, wie ihr 10-jähriger

Enkel in einen der Busse einsteigt. Der Chauffeur verstaut das Gepäck. Oma geht um das Fahrzeug herum und begibt sich anschließend ebenso in den Bus. Vorne ist gerade noch ein Platz frei. Abfahrt. Aussteigen am Flughafen. Der Bus leert sich. Alle verlassen das Fahrzeug. Nur einer nicht: Der Enkel! Oma gerät in Panik. „Ich habe doch beobachtet, wie mein Enkelkind den Bus betritt. Er kann doch nicht verschwunden sein!" Des Rätsels Lösung: Gerade fährt der ITS-Bus vor. Und wer springt raus? Der Enkel. Die Oma hat sich für den falschen Transfer entschieden, nicht der arme Bub ...

„Farbenblind"

Kofferverwechslungen sind an der Tagesordnung. Sie gehen verloren, landen im falschen Bus, machen sich selbstständig etc. Aber hier noch ein ganz spezieller Fall: Die deutschen Gäste landen am Flughafen und nehmen ihr Gepäckstück vom Förderband. In Berlin war der Koffer noch schwarz, in Palma greifen sie allerdings plötzlich nach einem gleichen Modell in weiß. Der Umkehrschluss: Astrids Gäste sehen nicht nur „rot", sondern auch „schwarz". Für sie blieb nur noch der falsche Koffer übrig. Seltsam, diese „Farbenblindheit".

„Texas-Lilly"

Ich habe in meinem Reiseleiterdasein schon viele Kleidervergehen ertragen müssen. „Halbnackte Frauen" in Kathedralen oder Männer in kurzen Hosen beim Abendessen. Ich erinnere mich auch noch an eine Dame, die ungeniert „Oben ohne" vom Pool in die Hotelbar dackelte, ihren Busen auf die Theke knallte und einen Milchkaffee bestellte. Zum Gelächter des Personals. In diesem Zusammenhang erscheint vor meinem geistigen Auge immer wieder die „Texas-Lilly". Eine Adelige aus dem Hannoveraner Einzugsgebiet, komplett in Wild-West-Manier gekleidet. Sie „trat" in Marokko bei jeder Gelegenheit im Cowboy-Outfit auf. Scheinbar ihr einziges Outfit: Fransenjacke, kniehohe Stiefel und einen Stetson-Hut. Die Einheimischen staunten und raunten. Am liebsten hätte ich sie mit dem Lasso eingefangen ...

Dünnpfiff

Reisefieber, Klimaumstellung, Sonne, Hitze, „exotisches Essen", ungewaschenes Obst. Trinkwasser, nicht wie gewohnt von zu Hause. Da geht es schnell einmal. Im wahrsten Sinn des Wortes. Bei Dünnpfiff während eines Ausfluges kommt es dann noch „dicker". Wir weilen in Kasbah (Altstadt) von Tétouan (Marokko). Eine ältere Dame aus Wien wendet sich kreidebleich mit einem SOS an mich: „Mein Mann hat Durchfall und braucht dringend eine Toilette." In der Sekunde leite ich die fieberhafte Suche ein. „Zu spät", ruft die Frau entsetzt. „Wir brauchen kein WC mehr, sondern ein ganzes Badezimmer!"

Eine hilfsbereite, marokkanische Familie erbarmt sich, verfrachtet den armen Opa nicht nur unter die Dusche, sondern wäscht umgehend auch noch seine Kleidung und versorgt ihn mit Medikamenten. Das nenne ich mal perfekte – nicht nur „Erste" – sondern gleich zweite und dritte Hilfe. Dankeschön!!!

„Wasser-Fall"

Die große Empfangshalle des Hotels Playa de Muro ist ein beliebtes Fotomotiv. In der Mitte steht ein kleines, sechseckiges Wasserbecken. Und schon „klicken" die Kameras: Kinder, Pärchen, Familienfotos. Auch ein Ehepaar wollte diesen Erinnerungs-Schnappschuss. Daraus wurde ein „Bild für Götter". Der übereifrige Gatte dirigierte seine Frau so lange von links nach rechts, vor und zurück, bis sie „baden" ging und ins kühle Nass kippte. „Wasser-Fall" einmal anders. Flutsch und futsch! Der „Anlass-Fall" für einen Komplett-Umbau. Wasser raus, zugeschüttet, Holzboden drauf. Und als „architektonisches Stilmittel" zwei antike mallorquinische Holzstühle hingestellt. Jetzt ist wieder alles in „trockenen Tüchern".

Falsche Sichtweise

Abendprogramm in Son Amar. Akrobatik, Flamenco, Gesang, Zauberer. Es geht rund auf der Bühne. Vorausgesetzt, man hat die richtige Sichtweise. Rückblende. Meine Ausflugsgäste betreten den Saal. „Die Bretter, die

die Welt bedeuten" sind gesäumt von einem roten, mit Strass-Steinchen besetzten Samtvorhang. An der anderen Seite des Saales – also vis à vis von der Bühne – befindet sich vermeintlich das gleiche Bild: Erneut alles in Rot und Samt gehalten. Ich platziere meine Gäste an einem langen Tisch. Die besten „Stühle" ergattert ein Ehepaar aus Leipzig. Ich frage nach: „Und, wie finden Sie ihre Plätze, toll, oder?" Die Frau faucht zurück: „Wir hatten noch nie so beschissene Plätze in einem Theater wie hier!" – „Wieso, sie haben doch eine tolle freie Sicht auf das Geschehen." Sie sagt vorerst nix, dreht sich um, zeigt mit ihrem Arm nach oben und meint: „Was soll an diesem Anblick schön sein?" Falsche Betrachtungsweise. Die beiden hatten offenbar nicht den Durchblick, weil sie als einzige im Saal in die verkehrte Richtung guckten.

Bus, Schiff, Eisenbahn

Die Inselrundfahrt ist der beliebteste Ausflug auf Mallorca. Ein Ehepaar aus Altötting (Bayern) bucht diese Touristenattraktion. Treffpunkt und Abholung vor dem Hotel. Dabei werden verschiedene Transportmittel eingesetzt: Bus, Schiff, Eisenbahn. Gebucht, gezahlt. Nur eines möchte die gute Frau noch von mir wissen: „Womit fangen wir denn an?" – „Nachdem weder Eisenbahnschienen noch eine Wasserstraße vor ihrer Unterkunft verlaufen, starten wir mit dem Bus." Glücklich machten die Gäste auf ihrer Sohle kehrt und wackelten per pedes in den Speisesaal ...

Tüte um die Ohren

Ein Gläschen in Ehren kann niemand verwehren. Die Kehrseite von zu viel hochprozentiger Flüssigkeit: Alkohol verändert den Zustand der Menschen. Bei dem einen oder anderen sogar erheblich. So weit, so schlecht. Erneut geht es zum Abendprogramm nach Son Amar. Dort darf ausgiebig gegessen und getrunken werden: Abendmahl mit alkoholischen Getränken aller Art. Ein Ehepaar gerät sich im Bus schon auf dem Hinweg in die Haare. Es kommt, wie es kommen musste: Aus lauter Zorn hat der Mann „blau" gemacht, sprich sich einen ordentlichen Rausch angetrunken. Es wird noch bunter. „Hackevoll" bei der Rückreise drängt sich mir eine wohl nicht ganz überflüssige Frage auf: „Brauchen Sie eine Tüte?" Trocken erwidert der Mann: „Nee, nicht nötig!" Ich war diesbezüglich allerdings etwas anderer Auffassung. Sicherheitshalber stülpte ich ihm – ungefragt – die Tüte, sie hatte Gott sei Dank Henkel, über die Ohren. Und siehe da: Auch diese Tüte wurde gefüllt …

Über die Rezeption

Ein schüchterner junger Mann möchte *über mich* ein Fahrrad für einen Ausflug buchen. „Wir vermitteln keine Mieträder. Die Buchung läuft ausschließlich *über die Rezeption*." Er schaut mich an, er dreht sich suchend Richtung Rezeption um, bleibt ungläubig, schüttelt den Kopf. Das Fragezeichen war ihm förmlich auf die Stirn geschrieben. Es vergeht noch eine Weile und dann erwidert er: „Wo?

Im ersten Stock?" Ich war wohl zu undeutlich: Ich sagte doch, *über die Rezeption* ...

Billiger Verkehr

Ein junges Pärchen möchte bei mir einen Ausflug anmelden. Er gerade mal 19 Jahre alt. Sie haben sich für eine Jeep-Safari entschieden. Beim Buchen gibt das Mädchen plötzlich Vollgas. Sie fragt ganz unschuldig und unverblümt: „Kriege ich noch ein Kinderticket?" Das wäre die Hälfte des Preises. Ich bremse: „Wieso, wie alt bist du?" Sie schaltet einen Gang zurück: „17!" Damit gerät sie ins Schleudern: „Tut mir leid, ein Kinderticket kann ich nur bis 12 Jahre ausstellen." Ende Gelände. Von wegen billiger Verkehr. Ich denke mir: „Zum Bumsen reicht es, aber ein Kinderticket lösen wollen ..."

Badewannengeburt

Das mit der Liebe geht oft schnell. Eine Mutter stieg mit ihrer 18-jährigen Tochter im Hotel Alcudi Mar ab. Gebucht haben sie eine Woche Mallorca-Urlaub. Nach drei Tagen bekommt die Tochter starke Bauchschmerzen. Es wird nicht besser und die Mama versucht zu beruhigen: „Ich hole gleich den Doktor." Gesagt, getan. Der Arzt ist auch gekommen. Aber leider zu spät. Das Baby war schon da. Das Kind wurde in der Badewanne des Hotels zur Welt gebracht. Die Neo-Mama wusste nichts von der Schwangerschaft. Du hast bei der Tochter wirklich keinen Bauch gesehen. Platt wie Flunder! Ich weiß nicht, wo sie den Nachwuchs ausgetragen hat – vielleicht nach hinten. Der verdutzte Verlobte stand bei der Ankunft am Flughafen und kam aus dem Staunen nicht mehr heraus. Zu zweit abgereist, zu dritt abgeholt. Gratulation zur Vaterschaft ...

ZUM NACHLESEN

Die kleine Astrid auf
Kuschelkurs mit großen
Tieren. Von Geparden
bis Elefanten.

Kapitel 72

Von der Manege in den Reisebus

Wie meine Tour begann ...
Aufgewachsen im Zirkus mit
Elefanten als Kindermädchen:
„Bitte nicht füttern"

Ich bezeichne mich selbst gerne als „Kind der Manege".
Geboren 1954, aufgewachsen im Zirkus, hatte ich das
Privileg, das dortige Treiben bis zu meinem sechsten
Lebensjahr in vollen Zügen – und tatsächlich oft auf
Schiene – zu genießen. Als Menschenkind tummelten
sich stets Vierbeiner um mich herum. Die kleine Astrid
auf Kuschelkurs mit großen Tieren. Von Geparden bis
Elefanten. Mein Vater war nicht nur für die Pferdedressur zuständig. Er fungierte auch als Oberstallmeister.
Alles mit vier Beinen stand unter seiner Obhut: Kamele,
Dromedare, Lamas, Wasserbüffel.

Oft gastierten wir an einem Ort für nur eine einzige
Vorstellung. Das bedeutete für Papa viel Arbeit: Aufbau,
Auftritt, Applaus, Abbau, Abschied. Meine Mutter saß
im Bürowagen und kümmerte sich als Sekretärin um
alles Organisatorische. Und sie musste auch mich „managen". Der dreijährige Dreikäsehoch aus Holland fand
neben dem Stapel an täglichen Briefen kaum Platz. „Abgestempelt" landete ich häufig vor der Türe. Ungefragt

war Papa ständig als Babysitter gefragt. Und die Not machte ihn erfinderisch. Bei Schönwetter saß ich im Freien. Eingezäunt in einem Laufstall (Gehschule). Eine Art Käfig. Davor ein Schild mit der Aufschrift: „Bitte nicht füttern". Die Gäste wollten mir immer Schokolade und andere Leckerlis ins „Maul" stopfen. Alternativ durfte ich auf dem Zirkusgelände ins „Freigehege". Zusammen mit unseren Elefanten, bis heute meine Lieblingstiere. Zu den ganz braven und ruhigen Rüsseln zählten Maja und Tilli aus Indien. Im Gegensatz zu den Afrikanern. Die haben tonnenweise nur Blödsinn im Kopf. Berolina stieg sanft auf die Stufe unseres Wohnwagens und hat sie folgenschwer gleich zerstampft.

Um also seinen Job zu erledigen, hat mich mein Vater zur „Kinderarbeit" verdonnert. Er packte mich an der Latzhose und setzte mich auf Maja. Dermaßen bestens aufgehoben, drückte er mir eine Bürste in die Hand und ich durfte die dickhäutige Dame den ganzen Tag putzen und schrubben. Eine saubere Lösung. Elefanten als Kindermädchen! Ein sicherer Ort. Papa wusste, dass ich alleine – ohne fremde Hilfe – nicht auf dem (Hosen)Boden landen konnte. So konnte er sich frei bewegen, ich befand mich gefangen auf dem grauen Rücken. Für mich traumhaft. Für meine Mutter ein Albtraum. Sie durfte nichts davon wissen. Erst kurz vor Büroschluss wurde ich befreit und wieder auf freien Fuß gesetzt ...

Geboren in Amsterdam, haben mich meine Eltern im schulpflichtigen Alter von sechs Jahren zu meiner Oma mütterlicherseits nach Den Haag verfrachtet. Ab sofort musste ich nach ihrer Pfeife tanzen. Einmal über die

Straße und schon befand ich mich im Klassenzimmer. Mama Willy und Papa Andreas begaben sich mit dem Zirkus wieder auf Wanderschaft: Österreich, Deutschland, Frankreich. Ich habe früh gelernt, ohne Eltern auszukommen.

Zwei Monate fehlten mir, um zwölf Jahre zu werden, da wollten mich meine Eltern wieder „heimholen". Oma wehrte sich dagegen. Sie ließ mich nicht ziehen. Nicht freiwillig. Der „Poker" um meine Person endete quasi mit einer „Entführung". Mit einer „Entführung" aus dem Krankenhaus. Mutter und Vater hatten plötzlich die besseren Karten aufgrund einer „kranken" Geschichte: Zur Entfernung eines Fersensporns lag ich im Spital. Die Chance für meine Eltern, sich an meine Fersen zu heften. Sie haben der Oma verboten, mich abzuholen: Zutritt und Zugriff verweigert! Und in einer Nacht- und Nebelaktion sind wir zu dritt „geflüchtet". Das teure Fersengeld folgte auf dem Fuß. Oma legte ordentlich Hand an. Voll mit Wut und Zorn bis in die Fingerspitzen, griff sie zur Schere und zu einschneidenden Maßnahmen. Alle meine Kleider hat sie bis zu den Nähten zerschnipselt. Sämtliche Spielsachen purzelten aus Rache in den Müll. So ein Mist! Ein Riesendrama. Unglücklich gelaufen. Ohne Happy End. Eine traurige Lehre fürs Leben ...

Später reichte es zur Matura (Abitur). In Voorburg (nahe Den Haag) absolvierte ich das Lyceum. Sprachen standen an der Tagesordnung: Niederländisch, Deutsch, Englisch, Französisch. Latein und Griechisch fehlten. Leider. Das große Latinum hätte ich nämlich gebraucht, um mir meinen Kindheitstraum zu erfüllen. Schon von klein auf begleitete mich immer nur ein einziger Berufswunsch: Tierärztin. Der Titel Doktor – vor dem Nachnamen Schelfhout – ließ allerdings auf sich warten. Stattdessen folgte ein Timeout. Mangels eines freien Ausbildungsplatzes ergatterte ich zur Überbrückung einen Sessel auf der Sekretärinnen-Schule. Das „Instituut Schoevers" machte aus mir eine international universelle (Schreib)Kraft = europäische Sekretärin. Ein Monat vor meiner Abschlussprüfung sticht mir eine Zeitungsannonce ins Auge. Mein erstes Einstellungsgespräch endet im Postzimmer eines Buchverlages, standesgemäß auf Postsäcken sitzend. Mein „Aufnahmeprüfer" scheint von mir begeistert zu sein und streicht die sechs weiteren Kandidatinnen, die schon im Vorzimmer warten, kurzerhand von der Liste, noch ehe unsere Verhandlungen abgeschlossen sind. Er führt mich durch den Verlag und macht mich mit meiner Vorgängerin bekannt. Eine nette Dame, knapp vor der Pensionierung. Sie arbeitet auf einer alten Adler-Schreibmaschine. „Die nehmen Sie aber mit in die Rente", sage ich zu ihr. Vorlaut. Mein zukünftiger Chef lacht lauthals. „Astrid, was hätten Sie denn gerne?"

Ich, gerade frisch ausgebildet, elektronisch, blitzschnell im Zehnfinger-System, antworte wie unter Strom: „Das liegt doch auf der Hand. Die neueste IBM mit Kugelkopf. In Rot, bitte!" Mein Boss in spe grinst erneut über beide Ohren. Ich habe den Job endgültig in der Tasche. Verhandlungen erfolgreich abgeschlossen. Arbeitsbeginn 1. September. Die einmonatige Pause nutze ich, um meine Abschlussprüfung am „Schoevers-Instituut" zu meistern. Abgehakt. Erledigt. Geschafft.

Bei Dienstantritt leuchtet es mir schon entgegen, das gute Stück. Wort gehalten. Zwar nicht ganz wie gewünscht in Rot, sondern in Himbeere. Herrlich! Geil! Noch besser! Drei Jahre lang sind die IBM-Kugelkopf und ich ein perfektes Team. Bis uns der größte niederländische Buchverlag schluckt und aufkauft. Die Übersiedlung von Den Haag nach Amsterdam steht vor der Tür. Von meinem eigenen Reich in ein Großraumbüro. Ich durfte schalten und walten, wie ich wollte, hatte alle Freiheiten. Der Chef war kaum da. Ich führte die Abteilung in Alleinregie. Und jetzt? Alles neu, alles anders: Magnetbänder und Kopfhörer. Alles abtippen, also Tippse.

„Ich, als ausgebildete europäische Sekretärin?" – „Und das Geld?" – „Gehaltserhöhung?" – „Was?" – „Gleich wie hier?" – „Die nächste Erhöhung?" – „Erst in drei Jahren?" – „Alles eingefroren, auf Niveau Kaffeetante?" – „Nö! Danke! Nicht mit mir!" – „Ich kündige!"

Was kam dann? Der NECKERMANN! „Reiseleiterin gesucht", lautete der Titel der Stellenbeschreibung. Ich springe also auf den Zug auf. Ab in die Eisenbahn nach Frankfurt. Ins Hochhaus am Baseler Platz zur „Vorstellung". Wie gerufen für ein Zirkuskind. Fahrt und sogar eine Übernachtung wurden bezahlt. Gleich dreimal werde ich „interviewt". Die Fragen zu meiner Person kommen auf Deutsch, Englisch und Französisch. Ich „parliere" fließend sowie dreifach über meinen Werdegang, die Ausbildung und über mein Hobby, das Reiten. Für mich ein willkommener „Steigbügel". Eine „Aufstiegshilfe". Leidenschaftlich erzähle ich vom Sattel bis zur Peitsche. Erst viel später habe ich erfahren, dass meine Fragestellerin kein einziges Wort auf Französisch verstanden hat. Au revoir.

Drei Tage vergehen. Das Telefon klingelt: „Herzlichen Glückwunsch, Sie sind unsere neue Reiseleiterin." Ich frohlocke. Mit 23, am 10. April 1977, begann für mich ein neues Leben: Mein Leben. Meine Leidenschaft. Meine Berufung. All inklusive: mit jeder Menge Auf und Ab.

Emotional im Hoch, ging es mit meinem Einkommen gleich einmal ein paar Etagen tiefer. Im Buchverlag lag mein Grundgehalt damals bei 2.000 Gulden, nach drei Jahren bei 2.800 Gulden. Gutes Geld. Zum Vergleich: Ein unausgebildeter Arbeiter in Holland durfte sich über einen Mindestlohn von 1.200 Gulden freuen. NECKERMANN „spendete" pro Monat 500 DM netto. In Palma de Mallorca genoss ich eine 14-tägige Ausbildung. Der Sprung ins kalte Wasser. Dermaßen frisch geduscht, bekam ich drei Buchstaben zugeteilt: DBV! Das stand für Dubrovnik. Mein erster Einsatzort. Der Einstieg ins Reise-Geschäft startete also in Jugoslawien. Vor Ort setzte sich das „Briefing" fort. Die schwangere Chef-Sekretärin übernahm meine Einschulung. Sie war ein „Ein-Personen-Unternehmen" mit allen Abteilungen unter ihren Fittichen: Reservierung, Flug, Transport, Buseinteilung. Sie schmiss (schupfte) den Laden. Solo. Ganz alleine. Für mich ein Privileg, von ihr zu lernen. So konnte ich mir das ganze Paket aneignen. Ich schuftete durch, Tag für Tag ohne freies Wochenende. Meine einzige Vergünstigung: Ich bekam zwei Stunden Mittagspause genehmigt. Und die habe ich genutzt. Ich lernte Drago kennen. Ein Seemann unten am Hafen. Mit eigenem Boot und Wasserskiern. Er am Steuer, ich auf den Brettern. Ab auf eine kleine verschwiegene Insel. Der Treffpunkt aller

„Wasserratten": Kapitäne, Offiziere, Matrosen. Mit einem winzigen Restaurant als Geheimtipp: Der Mittagstisch bestand aus den frischesten Fischen und Meeresfrüchten, die ich je in meinem Leben gegessen habe.

Dubrovnik: Eine Saison lang, es gefiel mir. Aber ich war traurig: Kein Pferd, geschweige denn ein Esel, kein Tier weit und breit. Die „Versetzung" taugte mir tierisch. Vom Sommer- in die Wintersaison. Schnee statt Sonne. Zwar immer noch keine Tierärztin, durfte ich wenigstens das „Pferdewesen" studieren: Im tirolerischen Hopfgarten führte NECKERMANN seinen Reiterhof inklusive Reitschule. Für mich das Paradies. Das Sprichwort stimmt: Alles Glück dieser Erde liegt auf dem Rücken der Pferde.

Pech nur, dass ich Holländerin bin. Flachländer und Berge? Eine steile Kombination, die nicht selten zu (Ab)Stürzen führt. Leider auch bei mir. In Sölden im Ötztal, am Rettenbachferner auf 3.300 Meter Höhe, „wedelte" ich zur Skilehrerausbildung. Auf der Alm, da gibt's ka Sünd. In der Wildschönau (Hopfgarten) lernte ich meinen Mann Hans kennen, der Reitlehrer vom Reiterhof.

Das weiße Pulver unter den Füßen ist keine bittere Pille, sondern macht Spaß, dazu die gute Luft als gesunde Droge. Zwoa Brettl, a g'führiger Schnee, juchhe! Alpin ist angenehm, Langlaufen heißt für mich amputiertes Skifahren. Große Klappe, bis ich auf die Schnauze gefallen bin. Zuerst harmlos, dann mit Spätfolgen. Rosi Schneider, meine Skilehrerin, stand vor dem Lift. Sie wurde immer größer und kam immer näher. Ich konnte nicht mehr bremsen. Voll drauf. Irgendwie bohrte sich einer meiner Skistöcke (Stecken) in ihren Allerwertesten, ehe sie auf dem Hintern lag. Loch in der Hose. Blaue Flecken. Sorry, Rosi.

Ich trieb es natürlich noch bunter. Bei meinem zweiten Skiunfall knirschte nicht der Firnschnee, sondern meine Zähne – vor Schmerzen. Als Holländerin bin ich naturgemäß nicht gerade ein Ski-, sondern eher ein Angsthase. So habe ich halt die Kurve nicht richtig gekratzt und bin plötzlich gelegen. Ins Tal geht es immer. Wenn es sein muss, mit dem Schlitten, also im Rettungs-Akia. Mein Pistenvergnügen endete mit einem Einkehrschwung ins Krankenhaus zu Wörgl. Zur Erinnerung erhielt ich ein Andenken in Weiß: Sechs Wochen Gips. Ein glatter Kniefall. Linkes Kreuzband gerissen. Immer geht es halt nicht mit rechten Dingen zu …

Schon bald habe ich aber wieder meine „innere Mitte" gefunden. Ich „strandete" im Zentrum des Spitalsaales. Fünf Betten da, fünf Betten dort. Fünf Tage später teilten sich schon 19 Leute das Lager. Der Gips floss in Strömen. „Hüttengaudi" sieht anders aus. Als „Reiseleiterin" musste ich irgendwie für Stimmung sorgen. Am Abend erklang aus dem Radio beschwingte Musik und so erfand ich kurzerhand die „Gips-Gymnastik". Der Rhythmus zum „Mit-Muss": „Hoch das Bein und rauf den Arm. Achtung: natürlich nur die gesunden Teile." Gesundes Abshaken im Krankenhaus. Wir sind gelegen. Auch vor Lachen. Zur Belohnung und zum „Rund-um-Wohlbefinden" gab es für alle, die es auf der Piste „zerrissen" hat, die tägliche Kalorienbombe: Ein Doppelliter Rotwein, Baguette, Käse und Weintrauben. Fast wie im Wellness-Urlaub, nur eben ans Bett gebunden …

Kaum vom Gips getrennt, dauerte meine Freiheit nicht allzu lange. Nur bis zum Sommer konnte ich die lästige „Fußfessel" abschütteln. Zuerst von der Treppe gestürzt, zwei Tage danach vom Pferd gefallen, kehrte ich in die Klinik zurück. Déjà-vu im selben Saal. Der Primar: „Aha, schon wieder da." Operation. Bänderriss im Knöchel, diesmal der rechte Fuß. Ziemlich link: Ich rückte zumindest dem „Doktor", wenngleich nicht dem Titel, näher …

Okay, diese ominösen zwei Buchstaben fehlen mir bis heute. Es gibt keine Tierärztin Frau Dr. Astrid Schelfhout. Ich habe mich einem anderen Zweig verschrieben. Für mein Lebenswerk sprang sogar ein Buchstabe mehr heraus: PMI statt DR.

PMI steht für Palma de Mallorca. Seit Ende April 1979 „studiere" ich auf Mallorca Menschen. Touristen. Gäste. Meine „Diplomarbeit" heißt: „HILFE, (für) URLAUBER …"

Kapitel 73

Erste Berührungspunkte
in Richtung Reiseleitung

Alles nahm seinen Anfang mit einer Reise von Holland
nach Jugoslawien zusammen mit meiner Mutter Willy.
Sie wollte verreisen. Ich wollte fort. Da waren wir uns
(noch) einig. Die Frage war erst einmal „Wohin"? Dann
kam das „Wie"? Also ab ins Reisebüro. In Den Haags
ältesten und renommiertesten Laden dieser Art gerieten wir an einen sehr freundlichen und kompetenten
Mitarbeiter. Wir verständigten uns gütlich auf das Ziel
Poreč in Istrien.

Das „Wie" war schon schwieriger. Mama hegte den
unbedingten Wunsch, Eisenbahn zu fahren. Ich wollte
partout in die Luft gehen, also Fliegen. Die diesbezügli-
chen Verhandlungen liefen nicht gerade auf Schiene. Ich
stellte mich sozusagen „taub" und wandte einen Trick
an. Meine Mutter war schwerhörig und so setzte ich den
Reisebüroangestellten leise unter Druck: „Wenn Sie etwas verkaufen wollen, dann buchen Sie schön langsam
die Flüge!" Brav leistete Mama für ihr „unartiges" Kind
die gemeinsame Anzahlung. Eine Woche später kamen
die Reiseunterlagen per Post. Tickets statt Zugfahrkar-
ten. Mama staunte, blieb aber „geerdet" und hob nicht
gleich vor Zorn ab. Alles bereit zum „Einschiffen" vom
Flughafen Schiphol aus – sprich „Einchecken" für unsere erste Flugreise! Am Fensterplatz Platz genommen,
wandte sich der Flugkapitän an seine Passagiere. Wir
schreiben das Jahr 1974, die Niederlande und Deutschland stehen im Endspiel der Fußball-Weltmeisterschaft.

Da war natürlich der Zwischenstand angesagt. In Pula gelandet, wurde unser Gepäck vorderhand erst gar nicht ausgeladen. Es drehte sich nicht das Förderband, sondern alles um die zweite Spielhälfte des Finales. Passagiere und Flughafenmitarbeiter steckten ihre Köpfe rund um einen kleinen, tragbaren Fernseher zusammen. Die „fliegenden Holländer" waren beim Schlusspfiff am Boden zerstört – 1:2 verloren. Nicht im Fußballhimmel angekommen ...

Wir führten unsere Reise mit einem Kleinbus fort. Eine wilde Fahrt. Der Chauffeur flog mehr als er fuhr. Quasi ein Blindflug im Dunkeln. Gott sei Dank haben wir nicht alles von der kurvenreichen Straße gesehen. Meine Mutter sah „schwarz" und war dem Nervenzusammenbruch nahe. Bei der Ankunft in der Unterkunft verschaffte eine Beruhigungszigarette wieder mehr Durchblick. Das Hotel Delfin erschien uns so unendlich groß wie die Adria. An der Hotelbar sorgte ein starker Kaffee für die erste Leichtigkeit eines Urlaubsfeelings. Gute Nacht und schöne Träume sowie ein kurzer Schlaf ...

Am nächsten Morgen folgte das Erwachen zu einer völlig unchristlichen Zeit. Ab zur Begrüßung durch Reiseleiter Gerard schon um 8.45 Uhr. Er „verkaufte" uns ein paar nützliche Informationen und gleich zwei Ausflüge. Einen Tag nach Lipica zu den Lipizzanern, einen Tag nach Triest. Nach dem Erstkontakt mit einem Reiseleiter begann mich auch seine Arbeit zu interessieren. Ich malte mir die schönsten Seiten des Berufes aus: Sonne, Strand, Freizeit, fremde Länder. Da fiel mir mein Großvater mütterlicher Seite ein, Schuldirektor einer Grundschule, der seine Ferien dazu nutzte, um für gutbetuchte Leute aus Den Haag, Luxusurlaube zu organisieren: Busfahrten nach Südfrankreich, Italien oder Jugoslawien. Anscheinend hat er mir diese „Reise-Leidenschaft und Liebe" vererbt.

Als Pferdenärrin wurde ich in Lipica natürlich „tierisch super" voll auf Trab gehalten. Die Zügel fest in der Hand, ging es gleich im Galopp weiter: Der Abstecher nach Italien erwies sich für meinen weiteren (Berufs) Weg als richtungsweisend. Beim Schiffstransfer von Poreč nach Triest befanden sich zwei Reiseleiter an Bord. Einer für die englischsprachigen Gäste, einer für die deutschsprechenden Ausflügler, ein gewisser Krešo. Die Holländer kamen bei der deutschen Gruppe unter. Eine Zuteilung, die oft auch Nachteile mit sich bringt. Beide Lager wollen sich mitunter nicht „verstehen". Und so begannen meine Landsleute, an der „Sprachbarriere" herumzumeckern. Ich werde hellhörig. „Mama, bleib du hier sitzen, ich muss da mal was regeln." Ich stand auf, um den „Aufstand" wieder auf Stand zu bringen. Hin zu Krešo, ich schnappte mir zuallererst sein Mikrofon. Völlig verdattert stand er da und glotzte mich an: Abseits vom Mikro, nicht hörbar für die Menge, bot ich Krešo meine Dienste als Dolmetscherin an. Und das im zarten Alter von 19 Jahren. Noch dazu das erste Mal ein Mikrofon in der Hand. Und vor mir die ganze Schar an Leuten. Meine ersten Worte an meine Landsleute: „Jetzt hört ihr mir mal ganz genau zu! Ich finde es sehr unhöflich, wenn jemand, der nur seine Arbeit erledigt, ständig von euch unterbrochen wird, nur weil ihr seine Sprache nicht sehr gut versteht oder gar nicht verstehen wollt.

Deswegen werde ich jetzt die Übersetzung für euch auf Holländisch übernehmen. Ab jetzt bitte ich euch darum, still zu sein und zuzuhören." Die Folge: Die waren stad (ruhig)! Die Reaktion: „Toll, die kann Holländisch." Und offene Münder und erstaunte Gesichter ...

Die deutsch-holländische „Überbrückung" hat bestens funktioniert. Im Nachhinein betrachtet: In Wahrheit habe ich den Ausflug für 50 holländische Gäste durch meine Spontanaktion gerettet. Der Grundstein für meinen späteren Job war gelegt.

Der zweite Schub für die „Berufung". Drei Jahre später. Skiurlaub mit holländischen Freunden in Obergurgl (Ötztal). Ständig werde ich auf der Piste von vorwiegend deutschen Urlaubern angesprochen: „Sind Sie die Reiseleiterin von NECKERMANN?" Irgendwann reicht es mir. Ab ins Hotel und ich knöpfe mir mal den zuständigen Herren vor. Ein gewisser Gerard, ein Bürschchen, Landsmann und völlig desinteressiert an seiner Arbeit. „Hör mal zu, ich bin in den Ferien und habe keine Lust, mich ständig um deine Gäste zu kümmern. Es wäre schön, wenn du mit deinem Arsch mal auf deinem Sessel sitzt und deine Kunden betreust." Er mustert mich von oben bis unten, grinst mich an und sagt: „So wie du auftrittst und redest, bist du ja prädestiniert, um als Reiseleiterin zu arbeiten!!!" – „Okay, dann gib mir mal die Adresse, wo ich mich bewerben kann."

Mein Debüt als Jung-Reiseleiterin gab ich dann tatsächlich im April 1977 in Dubrovnik. Und da stellte ich das erste Mal fest, dass die weite Welt manchmal wirklich nur ein Dorf ist. Wen treffe ich bei meinem Einstandstag am dortigen Flughafen? Krešo, jenen Reiseleiter vom Schiff, mit dem alles begann. Ich glaub, ich bin am falschen Dampfer. Damals Dolmetscherin, diesmal beim Wiedersehen sprachlos ...

Kapitel 74

Letzter Nachschlag
DIE IDEE ZUM BUCH:
„Her mit dem Wutzel!"

„Hallo, ich heiße Astrid Schelfhout, Reiseleiterin an der mallorquinischen Nordküste. Ich war jahrzehntelang die Nummer-1-Verkäuferin auf der Insel. Ich habe so gut wie alle Wettbewerbe gewonnen. Monat für Monat. Und dafür auch Provisionen und schöne Prämien bekommen: Peseten oder Reisen wie drei Tage Madrid oder nach Ibiza."

Eines schönen Mallorca-Tages bekommt die „Platzhirschin" einen Anruf von ihrem Küstenchef: „Du Astrid, du kannst dich warm anziehen! Hier gibt es einen neuen Reiseleiter, ein Österreicher. Wenn der so weitermacht, wird er deine Rekorde brechen und mehr Ausflüge verkaufen als du."

Ganz kurze Stille am Ende der anderen Leitung. Ein Hauch von Nachdenken. Dann Astrids Antwort wie aus der Pistole geschossen: „Du hast ja einen Vogel, das schafft er nicht. Da kann er zehn Mal Österreicher sein." Und schon lädt sie nach: „Ich lasse mir die Schneid nicht abkaufen. So weit kommt's noch." Sie holt kurz Luft und reiht atemberaubend Buchstaben an Buchstaben, Silbe an Silbe, Wort an Wort, Satz an Satz: „Das wär' ja noch schöner. Sicher nicht. Kommt überhaupt nicht in Frage. Was glaubt der eigentlich. Grrrrr ... Brrrr ... usw." Astrid redet sich minutenlang in Rage. Sie ist auf 1.000. Nein, 10.000. Eher Richtung 1.000.000. Als sie wieder gen

Null herunterkommt, beendet sie das Telefonat mit folgendem Satz: „Her mit dem Wutzel. Stell ihn mir doch einmal vor!" Was übersetzt so viel heißt wie „den knöpf' ich mir ordentlich vor ..." (Anmerkung: Wutzel = die Bezeichnung für ein kleines dickliches Lebewesen).

Der Küstenchef behält sich nach der erzwungenen Funkstille wenigstens das Recht des Schlussplädoyers vor: „Astrid, so groß ist die Insel nicht. Ihr werdet euch schon bald über den Weg laufen." Einmal Chef, immer im Recht. Und genauso kam es ...

„Servus, mein Name ist Ronald „Ronni" Gollatz und ich bin der kleine Ösi. Neo-Reiseleiter an der Südküste. Ja, tatsächlich! Ich habe es gewagt, mehr Son-Amar-Ausflüge zu verkaufen als diese gewisse Astrid, der der Ruf vorauseilt, jene legendäre Insel-Reiseleiterin zu sein."

Der Tag X. Die Ausflugsbusse stehen in Reih und Glied auf dem Parkplatz. Von fern und nah sind alle ReiseleiterInnen da. Im sogenannten „Reiseleiter-Raum" trifft sich die Branche. Astrid nimmt wie gewohnt Platz. Ronni sitzt mit dem Rücken zu ihr. Er weiß, dass die „Platzhirschin" Holländerin ist und erkennt sie sofort am Akzent. Das Knistern in der Luft ist förmlich zu spüren. Ein kleiner Dreh und ihre Augenpaare treffen aufeinander.

Ronni: „Also du bist Astrid, die legendäre Superverkäuferin von Son Amar?!?!"

Kurze Pause.

Ronni: „Das wirst du nicht mehr lange bleiben ..."

Astrid: „Also du bist der kleine Wutzel?!?! Der Österreicher!!! Ich halte auf der Insel alle Verkaufsrekorde."

Ronni: „Nein, ich habe dich schon übertroffen."

Astrid: „Ein einziges Mal, mein lieber ..."

Ronni: „Irgendwann schaff ich das wieder ..."

Astrid: „Komm doch mal rüber, damit ich dich näher kennenlernen kann ..."

Die „dicke Luft" ist auf Anhieb draußen. Die beiden finden sich in der Sekunde supersympathisch. Das Duo „matcht" sich fortan im friedlichen Wettstreit eine ganze Saison lang. Jeden Dienstag sehen sie sich in Son Amar. Viel Arbeit, nur sonntags frei. Ronni wohnt in Playa del Palma, nahe dem Flughafen. Astrid hat ihn öfter besucht. Sie telefonieren regelmäßig. Sie haben jede Menge Spaß miteinander. Ereignisse, Erlebnisse, Erkenntnisse ...

Ronni plaudert aus dem Reiseleiterleben: Andere KollegInnen sind nach ihrer Schicht noch fortgegangen und um die Häuser gezogen. Ich war meistens um 22 Uhr zu Hause. Ich hatte den Luxus einer SAT-Schüssel. Da verfolgte ich im TV immer die ZIB 2, die Zeit im Bild, die österreichische Nachrichtensendung, die auf 3sat lief. Es gab noch kein Internet in dem Sinn. Handys waren auch noch nicht so aktuell. Die aktuellen Zeitungen wurden zwei Tage später geliefert. Eine Kollegin wartete mit einer Sensation auf: Sie hatte eine E-Mail-Adresse! Was ich damit sagen will: Wir waren ziemlich von allen Neuigkeiten abgeschnitten. Ich stellte mir das Reiseleiterleben etwas anders vor.

Wenigstens war ich mobil. Mit einem Dienstrad! Und erfinderisch! Ein in der Mitte durchgeschnittener 10-Liter-Wasserkanister diente auf meinem Gepäckträger als Prospektständer. So bin ich durch die Gegend geradelt und habe Werbung gemacht. Das Rad in die Ecke gestellt, ging ich viel Laufen. Ich wollte beim Wien-Marathon starten, was mir mein Küstenchef auch gestattet hat, um mich bei Laune zu halten. Ich hielt ihn ja auch bei Laune, schließlich sorgte ich für Rekordumsätze und fing so ganz nebenbei noch die Beschwerden im verrufensten Hotel der ganzen Küste ein, das in der Hauptsaison jedes Bett bis zu dreimal verkauft hatte. Ich durfte ausfliegen. Schließlich war ich ja der (Zweit)Beste! Allerdings nur eine Saison lang. Dann ergatterte ich einen Platz an der Journalistenschule in Krems an der Donau. Beim Aufnahmetest sagte ich auf die Frage, wo auf Mallorca ich denn sei: „Im Herzen des Massentourismus!" Prompt kam die Antwort, die ich nie vergessen werde: „Wir holen Sie da raus!"

Meine Verbindung zum und mein generelles Interesse am Schreiben wurde in der Journalistenschule weiter geschürt. Auf Mallorca haben sich im Laufe der gemeinsamen Tage und vor allem im Laufe des Lebens von Astrid immer mehr Geschichten angesammelt. Und fertig war sie, die Idee zum Buch. Aber bitte, lesen Sie selbst …

Kapitel 75

DANKE, SCHÖN ...

And the Oscar goes to ...
Das erinnert an die Oscar-Verleihung.
Da dürfen die Dankesworte auf keinen Fall fehlen.

Danke, schön! Dass Magdalena Pascual ihre schmackhaften, original, traditionellen, mallorquinischen Rezepte zur Verfügung gestellt hat.

Danke, schön! Dass Busfahrer Juan Lladó meine Redelust als Beifahrerin 31 Jahre lang ohne Murren ertragen hat. Außerdem waren wir stets sicher und noch dazu unfallfrei quer über die Insel unterwegs.

Danke, schön! Dass einige KollegInnen mir für dieses Buch auch ihre erlebten Geschichten anvertraut und erzählt haben.

Danke, schön! Dass ich immer mit vollster Unterstützung sämtlicher MitarbeiterInnen an der Rezeption rechnen durfte. Ebenso hatten die HoteldirektorInnen jederzeit ein offenes Ohr für mich.

Danke, schön! Dass ohne meine lieben Gäste dieses Buch mit all seinen Geschichten gar nicht zustande gekommen wäre.

Danke, schön! Dass Sie als Leser/Leserin mir so viel Vertrauen geschenkt und mein Buch gekauft haben.

PERSONALIEN

Der Ideengeber:
RONALD GOLLATZ

Dort arbeiten, wo andere Urlaub machen und irgendwann einmal sein eigenes Business aufbauen. Und mit Menschen kann er. Das war sein Zugang zum Tourismus und seiner Ausbildung. Durch ein klassisches Zeitungsinserat ist er auf NECKERMANN gestoßen. Er wurde – neben weiteren 149 Leuten – dazu eingeladen, auf Mallorca die ReiseleiterInnen-Schulung in Santa Ponça zu absolvieren.

Von der bunten Theorie zur grauen Praxis: LSP war angesagt: Lernen, Schuften, Pauken! Von Sonnenauf- bis Sonnenuntergang. Echt intensiv. Zwölf Stunden täglich, eine Woche lang. Fertig „geschult" durfte sich jeder drei Destinationen wünschen. Seine Wahl: Catania (Sizilien), Rhodos (Griechenland), Algarve (Portugal). Viele wollten auf die Malediven. Ein (Alb)Traum, wie sich später herausstellte. Dort herrscht nämlich die höchste Kündigungsrate unter ReiseleiterInnen. Einmal rund um die Inseln – das war's. PSL = Palmen, Strand und Langeweile. Seine Wünsche sind versandet, sie haben ihn quasi auf Mallorca behalten. Auch deshalb, weil Österreicher mit Deutschen können.

Reiseleiter, Journalistenausbildung auf der Donau-Universität in Krems, sieben Jahre Tourismusvorstand Südburgenland, Gründer des Gastronomie- und Hotelbetriebs Hannersberg, Gründer und Gesellschafter der PR-Agentur „Vier Hoch Vier" (Kunden u. a. Coca-Cola, Römerquelle, Sporthilfe), Pressesprecher beim ÖFB (Österreichischer Fußballbund), Betreiber der Leo HILLINGER Weinbars in Wien-Wollzeile und Kitzbühel. 120 Gastroprojekte wie Filmfestival Rathausplatz-Wien, Donauinselfest-Wien, Weihnachtsmärkte in Österreich und Deutschland. Sein Berufsleben ist und war stets vielfältig. Sein Privatleben wirkt dagegen richtig bieder: Langzeit verheiratet, eine Tochter, Wohnung und Auto.

Die Idee zum Buch trägt er seit 1999 in sich. Sie ist nach und nach entstanden, aus jener Zeit, wo er selbst Reiseleiter war. Astrid und er haben sich auf Mallorca gefunden. Sofort schlugen Funken. Es hat unter den Fingern „gebrannt", die lustigen, unterhaltsamen, spannenden Geschichten zündend auf Papier zu bringen. Astrid war gleich Feuer und Flamme. Ein kurzer Blick in den Rückspiegel. Zehn Minuten spazieren gehen und eine Story reihte sich an die nächste. Zum schönen Urlaub gehört ein gutes Buch. Sie haben das ja alles selbst erlebt. Dabei wollen sie aber eines nicht: eine rote Linie überschreiten. Nicht über, sondern mit jemanden lachen. Das ist entscheidend. Viel Spaß beim Lesen.

Die Erzählende:
ASTRID SCHELFHOUT

In einem Zirkus aufgewachsen, bezeichnet Sie sich gerne als „Kind
der Manege". Der Zirkus zieht sich
wie ein roter Faden durch ihr bun-
tes holländisches Leben. Als Zirkustochter groß geworden, ist sie später in den riesigen Reisezirkus gewech-
selt. Seit 1977 versucht sie, als Reiseleiterin Touristen
zu „bändigen". Meistens ein tierisches Vergnügen. Es ist
eine saugeile Mischung aus BesucherInnen aller Herren
und Damen Länder, die sie animiert und inspiriert hat,
ein gar nicht so lammfrommes Lesevergnügen zu kreie-
ren. Als „Reiseleiterin-Dompteuse" verteilt sie Zucker-
brot und Peitsche. Der Sinn des Kunststücks bleibt aber
immer gleich: Sie möchte ihren lieben Gästen Lust und
Laune auf Urlaub machen. Der Beruf des Reiseleiters
darf nicht aussterben.

Der Schreibende:
WOLFGANG ILKERL

Schreiben ist seine Berufung. Wortspiele treibt er bis zum Wahnsinn. Sätze sind das Salz in der Buchstaben-Suppe. Getreu seinem „5-L-Prinzip" – Leben, Lieben, Lachen, Lust und Leidenschaft – versucht er, das Geschriebene auf den Punkt zu bringen: Lebendige Geschichten, mit viel Liebe erzählt, Sachen zum Lachen, die Lust aufs Lesen machen und (Reise-)Leidenschaft wecken. Seit 1985 „dreidimensionaler" Journalist: Edelfeder im Pressewesen, tonangebend im Radio und stets im Bild beim Fernsehen. Sieben Berufe auf einen Streich: Routine im Printjournalismus; Stimme im Hörfunk; Chef vom Dienst im Privat-TV; Pressesprecher, der etwas zu sagen hat; Moderator mit Wortwitz; Hallen/Platz- und Stadion-Sprecher, der sich Gehör verschafft, sowie Autor diverser Bücher.

Der Verlag

VINDOBONA
VERLAG SEIT 1946

ein Verlag mit Geschichte

Bereits seit 1946 steht der Vindobona Verlag im Dienst seiner Bücher und Autoren. Ursprünglich im Bereich periodisch erscheinender Journale tätig, präsentiert sich der Verlag heute als kompetenter Partner für Neuautoren am deutschen, österreichischen und schweizerischen Buchmarkt. Engagement, Verlässlichkeit und Sachverstand – das sind die Grundpfeiler, auf denen der Verlag seit jeher sicher steht.

Sie möchten mit Ihrem Werk das vielseitige Verlagsprogramm bereichern? Der Vindobona Verlag garantiert Ihnen eine professionelle Prüfung Ihres Manuskriptes durch das Lektorat sowie eine zeitnahe Rückmeldung.

Genauere Informationen zum Verlag
finden Sie im Internet unter:

www.vindobonaverlag.com

Zeitfracht Medien GmbH
Ferdinand-Jühlke-Straße 7
99095 Erfurt, Deutschland
produktsicherheit@kolibri360.de